# 大仕掛け 悪党狩り

如何様大名



沖田正午

二見時代小説文庫

目次

# 大仕掛け悪党狩り——如何様《いかさま》大名

# 第一章　太棹三味線《ふとざおじゃみせん》の辛抱

## 一

春とはいえど、夜の川風は凍《こご》えるほど冷たい。

宵《よい》五ツを報せる鐘の音がやみ、大江戸八百八町がそろそろ寝静まるころ。薬研堀《やげんぼり》に架かる元柳橋《もとやなぎばし》を、三町ほど下った大川端《おおかわばた》でのこと。

界隈は浜町《はまちょう》と呼ばれ、大名、旗本の武家屋敷が建ち並び、延々と築地塀《ついじべい》がつづくところである。夜ともなればほとんど人の通りがなく、大川端に植わる柳の葉が、夜風に揺れて囁くような音を立てている。

遠く川向こうの深川《ふかがわ》はすでに明かりが落ち、墨を撒《ま》いたような漆黒の闇の中に、辻灯籠《つじどうろう》の明かりだけがぼんやりとした点となって見える。

月明かりを頼りに川内屋弁天太夫《せんだいやべんてんだゆう》と、その三歩あとを相方の松千代《まつちよ》が、誰に聞かせるともなく新内節《しんないぶし》を流しながらゆっくりと、両国広小路《りょうごくひろこうじ》に向けて歩みを進めていた。

〽隅田《すみだ》の川面に朧《おぼろ》の月が　恥ずかしゅうのか　ぬしとの逢瀬《おうせ》……

歩きながら、頭の中で詞《ことば》を思い浮かべて、三味線を弾く。弁天太夫の、太棹三味線の本調子に合わせ、松千代の二上がり三味線が、端物《はもの》といわれる『隅田《すみだ》心中』という曲を奏でている。弁天太夫自作の、語り演目の一つである。

この夜二人は、浜町は山伏の井戸の近くにある信濃《しなの》小諸《こもろ》藩下屋敷に招かれ、藩主牧《まき》野遠江守康命《のとおとうみのかみやすのぶ》に、一節《ひとふし》披露しての帰りであった。

川内屋弁天太夫というのは、新内節を語るときだけに使う芸の名である。本当の名は鉄五郎《てつごろう》といい、文化《ぶんか》二年の生まれというから、この年二十五歳になる。上背が五尺九寸もあり、かなりの大男である。その背中には弁天様が、琵琶《びわ》ではなく三味線を抱える姿が彫られている。彫りが深く、色黒の顔はよく言えば精悍、悪く言えば無頼《ぶらい》にも見える。誰も三味線弾きとは思えない風貌である。

この日は、大名を前にしての新内語りで、紋付袴《はかま》の正装のいでたちであった。弁天太夫であるときの、鉄五郎の普段の着姿は、頭に手拭いを折った吉原《よしわら》被りを載せて、千本縞小袖《せんぼんじまこそで》の着流しである。それに三味線を抱えての新内流しである。

相方の松千代は、鉄五郎の気風《きっぷ》に惚れて新内三味線の相方になった女である。二十二歳になる小年増で、小股の切れ上がったその立ち姿と、細面《ほそおもて》の中で見せるふとした流し目は、世の男たちを虜《とりこ》にするほどの色気を醸し出す。仄《ほの》かな、水向きのする女であった。普段は鯔背銀杏《いなせいちょう》の髪型に手拭いを吹き流しで被《かぶ》り、飛ばぬようにと片端を噛む。子持ち縞の小袖を好む着流しだが、この夜は松千代も羽織と袴の姿に、銀杏返しの髪型を簪《かんざし》でとめた女太夫の姿であった。二人とも、慣れない格好に身を包んでいる。

この二人に誰しもが相思相愛を連想するが、鉄五郎と松千代の間に、色恋沙汰はまったくない。今のところは、新内においての師匠と弟子の間柄であった。

三味線を爪弾《つまび》きながら、鉄五郎と松千代が元柳橋の手前一町ほどのところに来たときであった。

「ちょっと待て」

口にしながら、鉄五郎が三味線を弾く手を止めた。

「いかがしました、太夫？」

新内流しのときは、松千代は鉄五郎を太夫と呼ぶのが倣《なら》いであった。

「おい松千代、あれを見てみろ」

鉄五郎の目が、二十間先の朧月のぼんやりとした明かりの下にある、二人の人影に向いている。

「なんだか、お人のようですね」

もう少し近くに寄らなくては、その実態は分からない。ただ、立ち止まって川面を向く姿に、鉄五郎は不吉な気配を感じていた。三味線の音を止め、鉄五郎と松千代がさらに五間ほど近づくと、徐々に人の形がはっきりとしてきた。

二人の人影に、背丈の違いがあった。

「あれは、女と子供だぞ」

「そのようですね」

鉄五郎と松千代は、今は横並びで歩いている。

「なんだか、尋常ではないな。様子がおかしい」

「川面に向けて、手を合わせてます」

「……心中《しんじゆう》か？」

鉄五郎が呟《つぶや》いた瞬間であった。十間先で、ボシャンと大きな水音がしたと同時に、二人の姿が川端から消えた。川縁は、護岸がしてある。地面から川面までは、三尺ほどしかない。秩父《ちちぶ》の雪代《ゆきしろ》が江戸まで届き、水嵩《みずかさ》が増しているのが救いであった。それでも、一度飛び込んだら石垣に手がかりはなく、陸《おか》に上ることは困難となる。ましてや、女と子供ではそのまま大川の流れに身を任す以外にない。飛び込んだ二人は、もがきながら鉄五郎たちの前まで流されてきた。

「松千代、三味線を持っててくれ」

言うが早いか、鉄五郎は羽織を纏《まと》ったまま大川に飛び込んだ。泳ぎづらいが、羽織と袴が体を浮かしてくれる。鉄五郎は、両手で二人を抱え川の流れに身を任せた。下流一町先に、今は朽ちた桟橋《さんばし》の跡がある。踏み板はなくなっているが、木杭が数本植わっている。それにつかまればなんとかなると、水面下にある足だけは動かし流れを早めた。

――桟橋跡の杭まで行ければ。鉄五郎さん、気張っておくれ。

堤では、川面を見つめ祈りを込めながら松千代も動く。

三つの頭が水面に出て、大川を下る。

やがてその流れは、桟橋跡の杭でもって止まった。さて、いかにして二人を引き上げるかである。鉄五郎は、堤にいる松千代に声をかけた。

「三味線を差し出してくれ」

太棹三味線は、糸蔵《いとくら》の天神《てんじん》と呼ばれる先端から、胴の端までおよそ三尺三寸ある。互いに手を伸ばせば充分に届く。

「胴は持つな、抜けるから」

棹《さお》は上棹、中棹、下棹と分解されるが、鉄五郎の新内三味線は太棹である。細棹よりは丈夫にできているが、はたして人の重みに耐えられるか。しかし、今はその三味線に頼る以外にない。

まずは子供からと鉄五郎は抱えて持ち上げ、松千代は三味線の棹を目一杯に川面に差し出す。子供は助かりたいと、両の手で棹にしがみついた。腑《ほぞ》の繋ぎ目が抜けないよう、松千代は慎重に引っ張り、鉄五郎は水面から子供の尻を持ち上げた。

どうにか子供は、陸に上げることができた。六歳くらいの、男の子であった。水面に顔を出していたおかげか、気を失ってはいない。

「よかった」

しかし、目を開けているものの全身がびしょ濡れである。春の川水は、雪解けが混じり冷たい。唇は紫色に変色し、ブルブルと震えている。松千代は羽織を脱ぐと、それで子供の全身を包んだ。

鉄五郎が、女を陸に上げるのに苦労している。子供のようにはいかない。それでも、松千代に三味線の棹を差し出させ、引き上げる手段を講じる。女も命が惜しくなったか、三味線の棹をつかんだ。しかし、大人の重さに耐えるほど頑丈にできてはいない。三つにつながれた太棹が、ばらばらになって壊れた。

「そうだ」

ここは仕方がないと、松千代は穿いている袴を脱ぎ、小袖の帯を解いた。長襦袢《ながじゅばん》一枚の姿で、帯の片方を持ち、片方を川面に向けて投げ入れる。女が、帯の先を両手でつかんだ。だが、松千代の力では、水を吸った女を引っ張り上げることができない。女の下半身は水の中にある。鉄五郎は水に潜《もぐ》ると、女の脚を開きその股間に頭をつっ込んだ。肩車の形となって鉄五郎は桟橋跡の木杭をつかむと、力一杯に自分の体を持ち上げた。

子供を道連れに入水《じゅすい》した事情《わけ》は、あとからでも聞ける。

鉄五郎はずぶ濡れのまま子供をおぶり、歩き出した。

「とりあえず、両国広小路まで行こう。そこまでの我慢だ」

とにかく寒いと、鉄五郎は震えながら言った。子供は、鉄五郎の体が温かいか、すでに背中で寝息を立てている。両国広小路までは、元柳橋を渡って三町ほどだ。ずぶ濡れになって震える身では、その三町が遥かに遠い。

「こっちもぬくもりをもらって、少しは温かくなってきた」

しばらくすると、鉄五郎の声の震えは治まってきている。

幸いにも、女は一人で立ち上がることができた。それでもよろけて、歩く力が足りなそうだ。三十をいく分越えた、年ごろに見える。

髷《まげ》を縛る元結《もとゆい》は切れ、長い髪が腰のあたりまである。その先から雫《しずく》が垂れるほど、毛髪は水を含んでいた。着物の帯は流され、かろうじて小袖と襦袢が体に纏わりついている。赤い腰巻がはだけ、太腿《ふともも》までを晒《さら》している。この期におよんでも恥ずかしさがあるのか、女は自らの手で腰巻の乱れを直した。

松千代は、壊れた三味線と自分の三味線を片手で抱え、もう片方の手で女の体を支えている。

江戸でも有数の繁華街である両国広小路も、昼間の喧騒はどこに行ったか、宵の五ツも過ぎると人の通りはほとんどない。それでも、深酒をした酔っ払いが、往来を千鳥足となってふらついている姿がちらほらとあった。

この刻に、軒を連ねる商店の大戸はみんな閉じている。戸口が開いているのは、町ごとにある自身番だけだ。子供を背負い、ずぶ濡れとなった鉄五郎たちの姿は、端《はた》から見ても異様である。番屋の番人に呼び止められて、尋問されても面倒臭いことになろう。鉄五郎は風の当たらない路地に入ると、歩みを止めた。そして、松千代を動かす。

「松千代、米沢町《よねざわちょう》の日野屋《ひのや》に行って若旦那の米太郎《よねたろう》を起こしてきてくれ。それと、着物を何着か……」

「かしこまりました。急いで行ってきます」

みなまで聞かなくても、松千代は心得ている。

「それとだ……」

駆け出そうとする松千代に、もう一言耳打ちをする。「分かりました」と言ったと同時に松千代は、路地を抜け出していった。

「坊、もうすぐ温かくなるから我慢をするんだぞ」

「はい」

「おや、いい返事だな。いい子だ」

子供の頭も、ざんばら髪となっている。前髪が残るところは、武家の子にも見える。だが、鉄五郎がまだそれを訊くことはない。

「どなたか存じませぬが……」

か細い声で、初めて女が口を利いた。それでも、体はガタガタと震えている。

「話は、あとにしよう。それより、寒さは大丈夫か？」

「はい。千太郎《せんたろう》は……？」

「お子は、千太郎という名か。元気を取り戻しているようだから、心配することはないさ。それと、もう少し独りで歩けるかな？」

「はい、大丈夫です。三味線は、私が持ちます」

「そうしてもらうとありがたい。ならば、もう少しだけ歩こう」

壊れた三味線とまともな三味線が持てるほど、女は回復しているようだ。鉄五郎は、ほっと安堵の息を吐《つ》いた。

二

鉄五郎たちは、抜け小路の奥へと入っていく。

反対側の通りに出ると、そこに稲荷《いなり》神社がある。鳥居を潜《くぐ》ると、すぐに社務所らしき建屋があった。宮司《ぐうじ》と、その娘である三十前後の巫女《みこ》がそこに住んでいる。格子の引き戸を、鉄五郎は壊れるのではないかというくらい、大きな音を立てて叩いた。

「どなたですか？」

「お富《とみ》さん、おれだ。鉄五郎だ……」

「鉄さんかい。こんな時分に、どうしたのさ？」

言いながら、お富が格子戸を開けた。神社の巫女だというのに、砕けたもの言いである。

「あら！」

鉄五郎のずぶ濡れになって子供をおぶった姿と、うしろに控えるざんばら髪の女に、お富は驚く目を向けている。

「お富さん、夜分にすまないな。ちょっと、事情《わけ》があって」

「その、濡れた姿を見れば、何かあったかくらい分かるわよ」

「すまねえ。着替えるのに、場所を貸してもらいてえと思ってな」

よほど親しいか鉄五郎の言葉も、伝法《でんぽう》というより、錙背なものになっている。

「いいですとも。あら、お子もびっしょ濡れでかわいそう。さあ、入ってくださいな」

　お富とのやり取りのそこに、五十も過ぎたと思《おぼ》しき宮司が顔を出してきた。

「どうしたのだ、いったい？　おや、弁天太夫じゃないか」

「すいません、宮司。ちょいと、事情がありまして」

「いいから、早く上がりなさい。濡れていたって、かまわん」

　社務所の一部屋を与えられ、震えながら松千代が来るのを待つ。火鉢に真っ赤に熾《お》きた炭がくべられ、部屋は温《ぬく》もりをもった。

　間もなくして、社務所の戸口を叩く音が聞こえてきた。稲荷神社の社務所にいることは、松千代に耳打ちしておいた。若い男を引き連れている。その男の背中には、風呂敷包みが背負われていた。両国広小路の米沢町で店を出す、古着を扱う日野屋の跡取りであった。男の名は米太郎といい、鉄五郎より二歳ほど下である。

　松千代と米太郎が、お富に案内され部屋へと入ってきた。

「おう、来てくれたか。すまねえな」

「詫びはいいんだけど、なんですか鉄五郎さん、そのびしょ濡れの姿は？」

　互いの口の利き方から、かなり懇意であることがうかがえる。

「松千代から聞いてないのか？」

「なんだか急いでいるようで、とにかく言われたまま着物を用意して……」

「米太郎さんのおっしゃるとおり、話す隙《ひま》もなくて」

「とにかく、着替えだ」

背中の彫り物は、滅多やたらに他人《ひと》には見せられないと普段は隠している。鉄五郎は隣の部屋に移り、一人で着替えをする。

とりあえず濡れた着物を脱いで、乾いた着物に着替えることはできた。柄《がら》も寸法も、合わないのは仕方がない。子供の分と松千代は言い忘れ、千太郎はぶかぶかの、大人物の唐桟織《とうざんお》りの小袖に身を包んでいる。

「とにかく慌てていたのでごめんなさい。坊は今夜一晩、これで我慢してね」

「はい。がまんします」

言葉遣いは、明らかに武家の子である。小袖の上に、さらに暖かい褞袍《どてら》を被《かぶ》せて温《ぬく》もりを得ている。にっこりと微笑《ほほえ》んだ、千太郎の返事であった。

ほっと一息ついたところで、お富が熱くした甘酒を運んできた。

「甘いから、おいしいよ」

ふうふうと松千代が甘酒を冷ましながら、千太郎に与えた。青白かった千太郎のほっぺに赤味が差してきている。

松千代に千太郎の相手をさせ、鉄五郎、宮司、米太郎、そしてお富の四人が車座になっている。

「商売道具の三味線まで壊して、いったい何があったのだ？」

宮司が鉄五郎に問うた。世話になった以上、事情を話さなくてはならない。だが、まさか大川に入水の心中とは言えない。それと、その理由《わけ》まではまだ、鉄五郎も知らないのだ。

「いえね、牧野の殿様に新内を聴かせた帰りでした。大川端で新内を流していると薬研堀の元柳橋でこの……お名は、まだ聞いてなかったね」

「志乃《しの》と申します。こころざしの志に、のの字の乃と書きます」

鉄五郎が、志乃と言葉を交わしたのは、これが二度目である。名からしても、武家の妻女と思い浮かべる。

「この志乃さんとお子の千太郎が、元柳橋の上で暴漢に襲われていたようで。助《す》けようと、慌てて近づいていったのがまずかった。あろうことかあの暴漢野郎ども、二人を大川に突き落としやがった。おれは慌てて飛び込み……太棹の三味線で先に千太郎を助けたんですな。そしてそのあとおれは、志乃さんの脚を広げ、その股間に頭をつっ込んで持ち上げ助《す》けることができたんです」

志乃の頰に、ぽっと赤味が差した。甘酒の、熱さによるものでないのは誰しもが分かる。

「いや、すまねえ。あのときは、肩車をするしか助《す》ける術《すべ》がなかったもので」

「いえ、いいのです。おかげさまで、助かりました」

三味線は、志乃を助ける際に壊れたと松千代が言葉を添えた。

「いくら太棹だって、三味線では無理だろう。人を助けるために作られたものではないからな」

宮司が、顔に苦笑いを含めて言った。

表向きは隠すことができて、ほっとしたのは志乃のようである。そこでお富が立ち上がると、松千代に声をかけた。

「お松ちゃん、ちょっといい？」

親しみの込もった、呼び方であった。

「はい」

「熱燗をつけるから、手伝ってもらえないかしら」

「ええ、喜んで」

お富が、松千代を勝手場へ呼んだ。熱燗をつけるだけが理由ではない。

「ねえお松ちゃん、気づいていた？」

「何をです？」

「あの、志乃さんの着ていた小袖……」

「ええ。やはり、お富さんもですか？」

「濡れていたので分からなかったけど、相当の襤褸《ぼろ》ではないかと。あちこち継《つ》ぎ接《は》ぎがあたってるし、破けているところもあった。かなり、生活に困ったお人でないかしら？」

「だと思いますけど。鉄五郎さんが何も言わないので、わたしも黙っていることにしています」

「そう。だったら、あたしもそうするわ」

二合の銚子《さしなべ》に熱燗をつけ、温めた甘酒を盆に載せると二人は部屋へと戻った。

すでに夜四ツを報せる鐘が鳴っている。八百八町の木戸が閉められ、人は自由に歩けなくなる。今夜は仕方がないと、鉄五郎たちは社務所に泊めさせてもらうことにした。

一夜が明けて、朝になった。

米太郎が改めて着物を調達し、髪結《かみゆい》の覚えがあるお富が、志乃の頭を丸髷《まるまげ》に結って身形《みなり》は整う。しかし、志乃と千太郎母子の帰るあてはないと踏んでいる鉄五郎は、二人の処遇に困った。

志乃と千太郎は、朝餉《あさげ》を出してもらい、それを二人並んで食しているところである。

「太夫、ちょっと……」

鉄五郎が思案しているところに、宮司から小声がかかった。

宮司の部屋で、向かい合う。

「太夫。あの母子《おやこ》、何か事情《わけ》があるのだろう？」

宮司に問われ、鉄五郎の眉根が寄った。眉間に一本の皺《しわ》が刻まれ、躊躇《ちゅうちょ》する面持《おもも》ちとなった。

「何があったか、聞かせてくれんかの。太夫は口が固いからな、余計なことを言わぬのを身上としているのは分かる。そんな男伊達《だて》は、充分わしも意気に感じているが……」

「実は、おれもあの母親からはまだ何も聞いてないんで」

宮司の言葉を途中で遮《さえぎ》り、鉄五郎が返した。

「元柳橋の上で、暴漢に襲われていたというのは偽りであろう？」

「宮司さんは、どうしてそれを……？」

「志乃さんと、お子が着ていた着物を見れば分かる。濡れていたときは目立たなかったが、乾くとともに襤褸が目についてきた。おそらくお武家の妻子だろうが、相当生活に困っている様子が見受けられる」

「ここだけの話ですが、実はおれも困ってまして。これからあの母子をどうしようかと……」

「暴漢に襲われていたのではなく、大川に身を投げたのか？」

宮司の問いに、鉄五郎は声を出すでもなくうなずくでもなく、黙って前を見据えるだけであった。

「そういうことだったか」

鉄五郎の押し黙った様子から、宮司は答を察したようだ。

「だとすると、あの母子に帰る場所はないのだろうな」

「ええ。それでどうしようかと、今考えているところでありまして」

「考えるといっても、太夫と松千代ではどうにもならんだろうに」

「かといって、ここに住んでいろとも言えませんし」

「そりゃそうだろ。わしの家だもの、勝手には言えんだろうよ」

「いえ、そういうことではなくて。事情も分からず、こっちからはそんな差し出がましいことは言えないということで」

「ならば、その事情というのを訊いてみたらどうだ？」

宮司の言葉に、鉄五郎は戸惑う面持ちとなった。

「あまり、他人様《ひとさま》から根掘り葉掘り聞くのは、おれの性じゃありませんでして」

他人《ひと》から事情を訊いたとしても、自分にできることとできないことがある。できないことを聞いて、役立たずになるのを鉄五郎は極端に嫌った。逆に、相手から頼まれたとしたら、理由《わけ》の如何《いかん》によっては一肌も二肌も脱いで助《すけ》に立つ、勇み肌の鉄五郎である。だが、自分から買って出るようなことはしない。その性格は、幼いときから身についているものだ。そして、鉄五郎の性分は、周りにいる誰しもが知るところであった。

「だったら、わしに考えがある。ところで太夫、これからどうする？」

「羽織袴が乾くまで、ここにいさせてもらえませんか」

「分かった。いてもいいけど、ちょっと外に出ててもらえんかな」

「宮司さんの考えだから、そいつはかまわねえですけど。そうだ、三味線が壊れたんで師匠のところに行って、直してもらってきます。松千代には、千太郎の遊び相手にさせといてください」

宮司が、志乃から身の上話を聞くものと鉄五郎は踏んだ。だが、なぜに自分を人払いしたかまでは分からぬものの、それを問うことなく任すことにした。

三

鉄五郎の新内三味線の師匠は、両国広小路をつっきり、柳橋で神田川《かんだがわ》を渡った平《へい》右衛門町《えもんちょう》にいる。

名を徳次郎《とくじろう》といい、以前は新内語りであった。今は、三味線を教える傍《かたわ》ら修理、販売もしている。間口《まぐち》二間の店を出し、普段は板間に座って皮張りや棹補修などの作業をおこなっている。五十歳を越えた老齢の域にあるが、義太夫から長唄、端唄《はうた》までの、こと三味線に関しては、江戸でも十指に入る弾き技の持ち主である。遊び人であった鉄五郎の才能を見い出し、五年ほど前に新内節を教えたのは、この徳次郎であった。

「お師匠、いますかい？」

閉まった油障子の引き戸を開けて、鉄五郎は声を投げた。

「おう、鉄五郎か。久しぶりだな」

「ご無沙汰してまして……」

およそ、三月《みつき》ぶりの来訪であった。

「それで、きょうはなんの用事だ？」

「ちょっと、三味線を……」

用件は言わず、鉄五郎は壁にかかっている三味線に目を向けていた。壁には、太棹から細棹まで十棹ほどの三味線がぶら下がっている。みな、売り物として置いてあるものだ。

「三味線を買おうってのか？」

鉄五郎の仕草に、徳次郎が問うた。

「これはもう、直せないでしょうねえ」

風呂敷に包んである、棹がばらばらになった三味線を見せて鉄五郎が言った。

「どうした、これは？　繋ぎ目の臍から壊れてるじゃねえか。普通に扱ってたら、こんな壊れ方はしねえぞ。まさか三味線を得物《えもの》にして、喧嘩でもしたんじゃあるめえな」

「まあ、そんなところで」

鉄五郎は、事情を濁した。

「三味線を、もっと大事に扱ってもらわねえと困るな。おめえの、めしの種だろうに」

「へい、分かってます。すいません」

鉄五郎も、この師匠には頭が上がらない。

「まあ、鉄五郎のことだ。何か、深え理由《わけ》でもあったんだろうよ」

言いながら、徳次郎は壊れた太棹を見やっている。

「こいつは、厄介《やっけえ》だな。直すのには手間もかかるし、時も必要だ。修理に金もかかるし、だったら新品を買ったほうが早いかもしれねえな」

「新品をですか……」

鉄五郎の、戸惑う口調となった。新内流しで細々と糊口《ここう》を凌《しの》ぐ鉄五郎には、蓄《たくわ》えというものがない。夜風が凌げ、起きて半畳寝て一畳の隙間と、息ができるほどの飯が食えればよいという考えの持ち主で、金への執着がまったくない。むしろ、重くて邪魔なものだとさえ思っている。着ている物も、寒さを防げればよいと、普段は太糸の唐桟織りが一張羅《いっちょうら》である。夏は麻織《あさお》り仕立ての小袖で、暑さを凌ぐ。しかし、新内流しに出るときは、少しばかりよい格好をする。

「おいくらいするので？」

「そこにかかってる物《もん》なら、いくらもしねえけど。鉄五郎の腕じゃ、それでは満足できねえだろ。猫皮の、ちょっとした作家物《さっかもん》でねえとな。そうなると、安くても五両はするな」

「五両……」

なんて持ち合わせはない。

「俺の口利きで、少しくらいはまかるが……どうする、壁にかかった有り物《あもん》で我慢するか？」

作家名の刻まれた三味線とは、音色がまったく異なる。だいいち、張られた皮からして違う。高価なのは猫の腹皮を使うが、安物はほとんどが犬の皮である。

どうしようかと、鉄五郎はためらいを見せている。

「やはり、三味線で飯を食うとなると、猫皮じゃねえとな」

音色の違いもあるが、猫と犬とでは皮をなめす行程に難度の違いがあるという。それと、犬と猫では捕れる数が圧倒して異なる。百年以上前に施行された生類哀れみ《しょうるいあわ》の令《れい》で犬は極端に繁殖し、その名残《なごり》から野犬がのさばり、今も江戸の住民を悩ませている。犬の皮なら不自由なく手に入る。

「犬の皮か……」

三味線で繊細な音を奏でるには、ブツブツの毛穴がある猫の皮でないと、やはり駄目だ。猫の皮で一番上等なのは雌猫《めすねこ》で、それも汚《けが》れのない、人で言えば生娘《きむすめ》のものとされていた。

「三両でなんとかなりませんかね、お師匠」

きのう、牧野家でもらった三両が松千代の手にある。三両もいただいたと、松千代は喜んでいたが、それを出してもらうよりほかに手はない。それでも、二両ほど足りない。その工面をどうにかしてと、師匠の徳次郎に頼み込んだ。

「三両持ってるんかい。だったら、うまくすれば棹が直せるかもしれんな。これほどの三味線は五両、いや十両出したって買えるもんじゃねえ。直して使ったほうが……臍をうまく組み立てりゃ元どおりになる。ああ、捨てるにはもったいねえ」

たしか、この三味線を買ったときは十五両もした。そのころはまだ新内流しの駆け出しで、十五両の三味線なんて高嶺の花であった。だが、どうしてもこの太棹三味線が欲しくて堪らず、大嫌いな父親に頼ったのは、あとにも先にもこれ一度きりであった。そうまでして手に入れた三味線を、いとも簡単に壊してしまった。しかし、鉄五郎に後悔はなかった。それで、子供一人の命が助かったと思えば、それに勝るものはないと。

「人の命の恩人だ。なんとか直してやってくれませんか」

鉄五郎も、やはり直すことに決めた。

「命の恩人て、どういうことだ？」

鉄五郎がふと漏らした言葉に、徳次郎の怪訝《いぶかし》げな顔が向いた。

「喧嘩じゃなかったんか？」

口から出てしまったものは仕方がない。引っ込みがつかず、鉄五郎は理由《わけ》を語ることにした。

「実は、きのうの夜。元柳橋の上で暴漢が……」

母子心中までは語ることはなかろうと、宮司に向けたように、事実を少し曲げた。

「そうだったんかい。だったら、早く言やあいいじゃねえか。そうだとしたら、金なんかいらねえよ」

徳次郎が、太っ腹なところを見せた。

「そうですか。そいつは、どうも……」

遠慮することもなく、鉄五郎は師匠の好意にすがることにした。

「いやにあっさりと受け取りやがるな。普通なら、いやそれはけっこうと、一度や二度は断ってくるはずだぞ」

「ありがたいことと、思ってますもんで。ところで、三味線はどれほどで直りますか？」

「そうだな。一月《ひとつき》ももらえればいいだろ」

普段なら一月も稼ぎがないのは辛いが、昨夜牧野家から貰った三両がある。それだけあれば、三月《みつき》以上も暮らせる。贅沢《ぜいたく》をしない身にとっては、充分すぎる蓄えであった。ぶらぶらと、無駄な時を過ごすが、それは仕方がないと鉄五郎は甘んじることにした。

壊れた三味線を師匠のもとに預《あず》け、鉄五郎は米沢町の稲荷神社へと戻った。

鉄五郎は戻ると真っ先に、千太郎を相手にお手玉で遊んでいる松千代に声をかけた。

「三味線が直るまで、一月は新内流しができない」

「あれだけ壊れても、直るのですか？」

「ああ。おっしょさんが直してくれると。それも、無料《ただ》でもって。三両はかかると言ったんで、壊れた理由《わけ》を話したら意気に感じてくれてな。もちろん、暴漢に襲われたってことにした」

「そうだったのですか。やはり、やさしい大師匠《おお》さんですわね」

徳次郎からは、松千代は孫弟子となる。

「だが、直るまでは何もすることがないな。細棹の上がり調子の三味線一本じゃ、興行は打てないし」

「きのういただいた三両もあることだし、お休みになったらいかがです？」

「そうするか」

思えば一年中毎日休むことなく、門付《かどづ》けのように新内を流して働いてきた。ちょうどよい息抜きになると、鉄五郎と松千代の意見はそろった。そこに宮司が顔を出した。

「太夫、戻ってたかい。ちょっと、話があるんだが……」

宮司の話といえば、中身は何か分かっている。宮司の部屋に移り、向かい合って座った。

「太夫の留守の間に、志乃さんと話をしたんだが……」

「なんと言ってましたか？」

「事情があるようだが、鉄五郎に話をして力になってもらったらどうだと訊いてみた。だが……」

宮司は首を振って、志乃の態度を示した。

「何も返事がないってことですね？」

「そうだ。ただうつむくばかりで、語ろうとはせなんだ。太夫がいなければ、話しやすいと思ったが、駄目だった」

宮司が、鉄五郎を外に出した理由はそこにあった。

「むしろ、口には出せぬほど辛辣《しんらつ》なことがあったのでしょう。子供を道連れに、冷たい川に飛び込むくらいですから、そう簡単には口は開かんでしょうね」

「やはり、太夫から直《じか》に聞き出したほうがいいんではないかの」

「いや、話したくなければ放っておいたほうがいいんじゃないですか。誰にだって言いたくないってことは、あるでしょうから」

「それだってかまわんが、これからどうするんだあの母子。申しわけないが、ここにずっと置いておくわけにはいかんぞ」

「宮司とあろうお人が、そんな人の道に外《はず》れたことを言ってよろしいんで？」

「いや、ここにいたのでは、いろいろ多くの参拝客の目に止まるしな。事情の如何によっては、まずいこともあると思っての。とにかく、母子の事情と素性が知れなくては、保護することもできん」

宮司は、神社の神主としての立場を説いた。

「そうですね、宮司さんの言うとおり。志乃さんとしても、人の出入りの多い神社にいたのでは肩身が狭いでしょう。さてと、どうしましょう」

鉄五郎は、腕を組んで考えてみたものの、志乃の意思がどこにあるのか分からない限り、結論は出せるものではない。はてどうしようかと、鉄五郎と宮司が、手を拱《こまね》いて向き合った。

## 四

腕を組み、宮司の顔は天井を向き、鉄五郎の顔は下を向いている。考えていることは、同じである。良案も浮かばず、そのままの姿勢で、しばらくのときが過ぎた。するとそこに、スーッと音もなく障子戸が開いた。

「あのう、よろしいでしょうか?」

声のするほうに目を向けると、志乃が廊下の板間にうな垂れた様子で座っている。

「おう、志乃さんか。そんなところに座ってないで、入りなさいな」

宮司が手招きをする。ちょうど、志乃母子のこれからを考えていたところである。その当人が来たことで、鉄五郎の顔も上を向いた。

「いろいろ私たちのことで、ご面倒をおかけします」

「いや、そんなことは気にせんでよい」

宮司が、面相を和《やわ》らげて言った。

「千太郎と私は大丈夫です。もう、馬鹿な真似はいたしません。本当にお世話になりました。鉄五郎さまと松千代さんには、どれほど感謝してよいか分かりませんが、助けていただいた義理を無下《むげ》にするようですが、これで……」

「出ていこうってのか。それはかまわんけど、行くあてがあるのか?」

問いは、宮司からのものである。説得は宮司に任せ、鉄五郎は口出しすることはない。

「………」

すぐには思い浮かばないか、志乃の困惑した顔である。

「やはり、行くあてはないか。さっきは言わなかったが、大川に落ちたのも、鉄五郎は暴漢に突き落とされたと言ってたが本当は違うだろうに。もう一度だけ言う。どうだ、この鉄五郎に事情というのを話してみちゃ。新内流しなんて、やっこいことをやってるがな、こう見えてもけっこう男気がある奴だ。少しは力になってもらえると思うぞ」

宮司は、男としての鉄五郎をかなり評価している。

「ですが、やはり……」

うつむきながら、志乃は頑《かたく》なに首を振る。武家の妻女特有の、意地の張り方であった。

「宮司さん、無理に聞くことでもないでしょう」

鉄五郎が、口を挟んだ。

「ちょっと待っててくださいな」

何を思いついたか、鉄五郎はそう言うと立ち上がり、宮司の部屋から出ていった。

日の当たる社務所の縁側で、松千代と千太郎がお手玉をして遊んでいる。

「お松、ちょっと……」

鉄五郎が、手招きをして松千代を呼び寄せた。そして、小声で言う。

「あの三両、出してくれんかな？」

「三両って……何にお使いになるのです？」

「まあ、いいから」

「もしや、志乃さんに……ですか？」

松千代の顔が、一心不乱にお手玉で遊んでいる千太郎の背中に向いた。そして、鉄五郎に向き直って言う。

「お金は鉄五郎さんの物。どう使おうが、あたしがどうこう言えるものではございません」

「だが、お松と一緒に稼いだ銭だぞ」

「それはそうですが、鉄五郎さんが男気を出すのでしたら、あたしも女気を出しませんと釣り合いが取れないでしょ」

「さすが、おれの相棒だ。よく言ってくれた」

「だけど、三味線が直るまで仕事もできなくて、それまで一文もありませんよ」

「食うくらいは、どうにでもなる」

「でしたら、こうしたらいかがかと。志乃さんに二両渡して、一両は手元に……」

「そんな、半ちくなことができるかい。どうせくれるんなら、みんなやっちまったほうがさっぱりして、気持ちがいいってもんだ」

松千代の意見を、鉄五郎はいとも簡単に覆《くつがえ》した。だが、松千代の表情にわだかまりはない。むしろ、苦笑いさえ浮べている。

「やっぱり、鉄五郎さん」

「分かってくれたかい。これで、みんなして志乃さん母子を助けてやることができる」

稲荷神社の宮司とお富はもとより、日野屋の米太郎、そして無料《ただ》で三味線を直してくれる徳次郎も、母子の助《すけ》に一役かってくれていると、鉄五郎は情けに感謝する思いであった。

松千代から三両受け取り、鉄五郎は宮司の部屋へと戻った。そして、志乃と再び向かい合う。

「裸のままですまねえが……」

言って鉄五郎が、志乃の膝先に小判三枚を差し出した。

「これは……？」

「どこか家でも借りて、千太郎にうまいものでも食わせてやってくれ」

「でも、こんなに……」

何も贅沢をしなければ、母子二人が半年、いや一年近くは暮らしていける価《あたい》である。さすがに受け取れないと、志乃は鉄五郎の膝先に戻した。あげる、もらえないで三両の金が三度ほど二人の膝先を行き来した。

「志乃さん。この鉄五郎は、一旦出した金は引っ込めねえよ。行ったり来たりさせてたんじゃ、日が暮れちまう。遠慮しねえで、もらっときな」

際限がないと、宮司らしからぬ口調で割りに入った。

「それでは、ありがたく……」

「ちょっと、待ちな。小判じゃ物を買うにも使いづらいだろ。一両だけは、崩しておいたほうがいい。賽銭《さいせん》の小銭と、あとで取り替えてやる」

「何もかも、申しわけございません」

志乃が畳に両手をついて、礼を言う。そこに、お富の声が障子戸の向こう側からかかった。

「お父っつぁん、いい？」

宮司に向けてお父っつぁんはそぐわないが、父娘だったら仕方のないところだ。

「お富か。いいから、入りな」

長く下げた黒髪を水引きで束ね、白衣《びゃくい》に緋《ひ》袴を穿《は》いた巫女姿のお富が部屋へと入ってきた。普段は、社務所の窓口で参拝者に御神籤《おみくじ》などを売っている。

「今、お松ちゃんから聞いたのだけど、志乃さんここから出ていくって。どこか、あてでもあるのかしら？」

「それでもって、今話をしているところだ」

　お富の問いに、宮司が答えた。

「ならば、いいところが空いてるって。志乃さん、長屋でもいい？」

「雨風を凌げれば、どこでもよろしいです」

「そうしたら、ちょうどよかった。今しがた、横山町《よこやまちょう》の差配さんが来たので何気なく訊いてみたら、六畳一間の権六《ごんろく》長屋が空《あ》いてますって。とりあえず、そこに住んでいたらどうかと」

「横山町なら、すぐそこだ。何かあったら、わしらも目が届くしいいのではないか。どうだね、志乃さん？」

「ですが、これ以上ご迷惑は……」

「だからと言って、どこに行くのだね？」

「そう。ここはみんなの好意に甘えるべきだ。おれたちはここからはちょっと遠く神田岩本町《かんだいわもとちょう》に住んでるが、宮司とお富さんが近くにいたら、安心していられる」

　宮司の問いに、鉄五郎が言葉を重ねた。

「ならば……」

　志乃の返す言葉は嗚咽《おえつ》となった。畳に顔を伏し、泣き崩れる。その姿を、鉄五郎と宮司、そしてお富が黙って見やる。「そうしたら、よろしいわよ」と、かけるお富の言葉がくぐもって聞こえた。

「これで、決まりだな」

かくして志乃と千太郎は、鉄五郎と松千代の手を借り暮らしに必要なものを買い出し、日本橋《にほんばし》横山町の権六長屋に住むこととなった。

しばらくの間、鉄五郎と松千代はゆっくりとできる。

二人は、一年ほど前から神田岩本町の仁兵衛《じんべえ》長屋に住んでいる。九尺二間《くしやくにけん》の棟割《むねわり》長屋が、二棟向かい合って建っている。一棟が六軒割で、鉄五郎と松千代は別々の棟に居を構えていた。

年ごろの男と女であるが、仕事が終われば暮らしは別々である。互いにそこはわきまえている。「――夫婦になればいいのに」と、他人は口を出すが、それは余計なことと、二人は意にも介していないようだ。

志乃たちが権六長屋に移ったのを見届けてから、鉄五郎と松千代が仁兵衛長屋に戻ったのは夕刻であった。風呂敷包に、乾いた紋付羽織と袴が包まれている。それだけは、座敷のお呼びがかかったときの必需品と、まともな物をそろえてある。

木戸の前で立ち止まり、鉄五郎と松千代の立ち話となった。

「腹がへったな、お松。どこかで何か食ってくか？」

「鉄五郎さん、そんなお銭どこにあるんです？」

「まったくの一文無しになってしまったな」

苦笑いを顔に浮べ、鉄五郎が言った。

「……もう、こうなったら一蓮托生《いちれんたくしょう》」

「ん、何か言ったか？」

松千代の呟きは、鉄五郎の耳には届いていない。

「いいえ、何も。三両あげたの、後悔してるのではないですか？」

「そんなこと、あるかい」

吐き捨てるように言うその口調は、やせ我慢にも聞こえる。

「まったく、お人よしなんだから」

「お松だって、そうだろうよ。それにしても、何か食いてえな」

「だったら、いい考えがある。ちょっと、ここで待っててくださいな」

松千代が、自分の住処《いえ》へと入っていく。羽織袴が濡れていない松千代は、いつもの子持ち縞の小袖に着替えて出てきた。三味線ではなく、手には風呂敷包みを持っている。

「お待ちどうさま」

「何だそれは？」

「鉄五郎さんのと同じもの。少なくとも、一月《ひとつき》は必要ないでしょ。これを質草《しちぐさ》にすれば、その間の糧《かて》になるわ」

「そいつは、いい考えだ。さすがお松だ、機転が利く」

鉄五郎にためらいはない。二つ返事で、三味線の次に大事な商売道具を、一時銭に換えることにした。二人の正装の仕事着が、質草へと変わる。

「たまには、鰻《うなぎ》でもって豪勢にいくか？」

「両方で二分も貸してくれましたから、そのくらいいけますわね」

「きょうはいいことをしたから、おれたちへのご褒美だ」

理屈をつけて、鉄五郎と松千代は神田須田町《すだちょう》にある鰻屋へと足を向けた。

## 五

本来、鰻は冬から春先にかけてが旬である。

「久しぶりの鰻は、たまらんな」

むしゃぶりつくように鰻の蒲焼《かばやき》に喰らいつく鉄五郎を、松千代は冷ややかな顔をして見やっている。

「……鉄五郎さんって、いったいどういう人なんだろう？」

実は、松千代にしても鉄五郎の本当の姿は分かっていない。鉄五郎は、自分の口から生い立ちを語ったことは一度もない。そのため、仲間は多くいるが本当の素性を知る者は周りには誰もいない。松千代にしても、そこは鉄五郎の闇の部分であった。

「鰻ってのは、夏のもんだと思ってるだろ。それはその昔、平賀源内《ひらがげんない》って人が鰻屋に頼まれ、夏でも売れるようにと……」

鉄五郎が語る鰻の蘊蓄《うんちく》は、松千代の耳には届いていない。

「志乃さん、いったいどうして大川に身など投げたんでしょ？」

余計な語りを制するような、松千代の問いであった。

「宮司さんが訊いたが、何も語ることはなかった。もう、あの母子のことは忘れてやろうぜ。金輪際《こんりんざい》、馬鹿な真似はしないと言ってたしな」

「そうですね。それにしても、鉄五郎さんというお人が、ますます分からなくなった」

呟くような松千代の声音であった。

「分からないって、どこがだ？」

「何もかも。冷たい大川に後先《あとさき》考えずに飛び込み、大事な三味線を壊し、そしてなけなしの三両まで与えて……それでもって、何もなかったように振舞える鉄五郎さんて、本当はいったいどういう人なんだろうと」

知り合って三年になるが、鉄五郎のことは何も知ってはいないと、松千代は言葉を添える。これまでは、どうでもよいと思っていたものが、急に気になってくる。そんな気持ちが、松千代の中に芽生えたようだ。

「ずっとうしろについて、あたしは三味線を弾くだけだったのよね。だけど、この二日の間で、鉄五郎さんの違った姿を見た思いだった」

しみじみとした、松千代の口調であった。

「三味線を弾いて、新内を語るだけしか能のねえ、つまらねえ男よ」

「その才があるだけでもたいしたものだし、あたしはそれにくっついているの。だけど、これからはちょっと見方を変えるわ」

「別に、今までどおりでかまわねえと思うけどな」

「いいえ、知りたいのです。本当の、鉄五郎さんを……」

「知ってどうする？」

「なんだか鉄五郎さんて、途轍《とてつ》もなく大きなお人のような気がして」

「大きなお人だなんて、そいつは買い被りだ。お松が思っているほどのことは、何もねえよ」

「新内流しになるまで、いったい何を……？」

「そんなこと気にしねえで、早く鰻を食っちまえ」

鉄五郎の昔に触れようとすると、いつも言葉をはぐらかす。松千代は、それが気になっていた。そこにもってきて、この出来事である。この日に限って松千代の問いは、これで収まることはない。

鉄五郎はすでに、鰻丼を食べつくしている。

「食わねえなら、おれが食っちまうぞ」

松千代のほうはまだ、半分くらい丼に残っている。それを目にしながら、鉄五郎が言った。

「よろしければ、どうぞお食べください」

言って松千代が、丼を差し出す。「すまねえな」と一言断り、鉄五郎が食べ残しにいる。

手をつけた。

「こんなうめえもの……」

丼の縁に口までつけ、かっ込むその食欲たるや旺盛であるも、いささか品《ひん》に欠けている。

「……どれが、本当の鉄五郎さんなのか分からない」

新内を弾き語っているときは、全身から情緒がほとばしっている。大きな背中だが、人の心情に訴える端物を語るときは、その繊細な描写に涙する者もいる。聴く者の心を捉えるに長《た》けた演者との評価が高い。

ときたま鉄五郎の口から出る伝法な言葉と、演者であるときの口調は真反対である。

「そんなにがっついて食べなくても、鰻丼は逃げませんよ」

食べっぷりのよい松五郎に向けて、松千代が口にしたときであった。

この鰻屋には、小上がりの座敷がある。

「おい、鰻の丼の中に鼠《ねずみ》の尻尾《しっぽ》が入ってやがった。主《あるじ》を呼んできやがれ！」

その一角から、店内に響き渡る怒声が聞こえてきた。髷を鯔背に曲げて、無頼と思《おぼ》しき男たちが五人して、店の娘に向けて暴言を吐いている。

やがて娘と主が入れ替わり、無頼たちの相手をする。

「変な言いがかりはよしていただけませんか。うちでは、鼠の尻尾など出しはしませんよ」

主の抗《あらが》いに、無頼たちの憤りはますます激しくなった。

「なんだとう？　こんな店ぶっ壊すにゃ、わけねえんだぞ！」

容赦のない怒号に負けて、主は怯《ひる》む。

「申しわけございませんでした。きょうのところは、お代はけっこうですから……」

「この、大馬鹿やろう。めし代だけで済まそうなんて、けちな了見《りょうけん》を言ってるんじゃねえ」

「でしたら、何をお望みで？」

「まとまった詫びを、持ってこいって言ってるんだ」

「はて、まとまった詫びって、いったいなんです？」

「分からねえんか、この親爺《おやじ》？　しょうがねえな、まったく」

無頼たちの脅しに、他の客たちまで恐々としている。楽しく語り合っていた客たちは、みな押し黙ってこの成り行きを見ている。

「うるせえ奴らだな。他人《ひと》が静かにめしを食ってるってときに」

鉄五郎は、黙っていられなくなった。立ち上がると、怒号のする座敷のほうを見やった。座る五人の膝元には、長脇差《ながどす》が横たわっている。町人の帯刀は禁じられているが、無法者にはそんな法度《はっと》は通じない。

「やくざ者《もん》か……」

江戸の市中にはびこる、無頼者たちである。

「どこの一家の野郎たちだ？」

独りごちながら、鉄五郎はひたすら謝《あやま》る主に近づいていった。

——なんでえ、あいつらか。

見知った男たちだと、鉄五郎は心の奥で呟いた。

「ここは、おれに任せな」

店の主と立つ位置を換えて、鉄五郎が無頼の相手をする。

「おい、兄《にい》さん方。めしぐらい、静かに食わせてもらえませんかね」

「なんだ、てめえは？」

兄貴分と思しき男が、太い眉を吊り上がらせながら鉄五郎を睨みつけた。すると、上がっていた眉尾がストンと落ちた。

「きょうのところは勘弁してやる」

口調が、にわかに穏やかになった。そして長脇差をつかむと、兄貴分が立ち上がった。

「おい、行くぞ」

座敷から五人がそろって、土間へと下りてきた。雪駄《せった》を履いて、鉄五郎の脇を通り過ぎる。

「すまねえな、めしの邪魔をしちまって」

すれ違う際、兄貴分が鉄五郎に小声をかけた。

「あんまり、堅気《かたぎ》を虐《いじ》めるんじゃねえよ」

「すまねえ……」

三十にもなろうかという男が、鉄五郎に詫びを言った。

「おい、ちょっと待て」

無頼たちが、そのまま出ていこうとするのを、鉄太郎が止めた。

「なんでい？」

「あんたら、めし代払ったんか？」

「いえ、よろしいんで」

主が、お代はいらないと口を挟む。

「そいつはいけねえよ、親爺さん。相手が誰だろうと、食ったものはちゃんと代をもらわねえと、ほかのお客さんに示しがつかねえ。それに、味をしめたこいつらは、またたかりに来るぞ」

「そんなことはしねえよ。親爺、代はいくらだ？」

「でしたら鰻丼五人分で、二朱ほど……」

「そりゃ、安いな。二両と違うんじゃねえのか？」

鉄五郎が、鰻代に口を挟んだ。「騒がれた、慰謝料も取っといたほうがいいよ」と、助言をする。

「しょうがねえな。二両、払っとけ」

兄貴分が舌打ちをしながら、三下《さんした》らしき男に命じた。

鉄五郎を前にして、無頼たちは猫の子のようにおとなしくなった。

その次第の一部始終を、松千代が見ていた。

「あの男たちのこと、鉄五郎さん知ってるの？」

戻ってきた鉄五郎に、松千代が問う。

「いや知らねえよ、あんな奴ら」

「でも、ずいぶんとおとなしくなったわ。それに、鉄五郎さんの言うことを、素直に聞いてたし」

「そのようだったな。おっと、まだ少し残ってるな」

丼の中をのぞき込み、鉄五郎は食べ残しの鰻に箸をつけた。そこに、鰻屋の主がやってきた。

「鉄さんがいてくれたおかげで、助かった。このとおり……」

言って主は、腰まで折って礼を示した。

「親爺さん、そんな格好はよしてくださいよ。みんな見てますぜ」

向いている客の顔は、みなにこやかで安堵している表情だ。

「とにかく、礼なんぞよしてくださいな」

鉄五郎と主のやり取りを、黙って松千代が見ている。いく分首を傾げ、松千代はますます鉄五郎のことが分からなくなっているようだ。

「今みたいなことも、初めて見た」

主がいなくなり、松千代がポツリと言った。それに対する鉄五郎の反応はない。

「ああ、食ったな」

手元に二個並ぶ空の丼を見ながら、鉄五郎の満足そうな声が出た。

「黙っていたいなら、それでもいいわ。食べたら、もう帰りましょ」

松千代の声音《こわね》は、怒り口調である。顔もそっぽを向き、つっけんどんだ。

「どうかしたか？」

鉄五郎は、それを不思議にとらえた。

「なんだか、機嫌が悪そうだな」

「不機嫌にも、なりますよ。三年も三味線を一緒に弾いていながら、あたし相方のことを何も知らなかったと、自分に腹を立てているのです」

「それを言ったら、おれだってお松のことを何も知らないぜ。そうであっても、本調子と二上がりの高調子は狂っちゃいない。いい音色だって、きのうの殿様だって褒めてくれたじゃねえか」

「でもねえ、あたし本当の鉄五郎さんを知りたくなったの。きのうといい、きょうといい、今といい。新内の三味線ときれいな声しか、これまでずっと聞いたことがなかったのよね」

「おれはな、お松にだけは余計なことを言いたくないし、言うつもりもなかった。それはな、芸の道に差し障《さわ》りがあると思っているからだ。お松がおれの本当の姿を知ったら、必ず三味線の調子が狂ってくる。そうなったら、互いに相方は務められなくなるぞ」

「今までだったら、それでいいと思う。少しは男気のある人くらいは思ってたけど、でも、この二日の間でもって鉄五郎さんは、あたしにとって途轍もなく大きな人になってしまった。だからこのままだと、一緒に三味線は弾けなくなりそう」

「そいつは困るな。お松以外に、おれの相方ができる者はいねえし。だったらしょうがねえ、語ってやるとするか。あんまり、言いたくはねえが」

「でも、みなさんは知ってるのでしょ？」

「みなさんて、誰のことだ？」

「宮司さんや、お富さん。それに、米太郎さんを見てれば分かります。それと、さっきのやくざたちや、ここのご主人の態度からして……」

「いや、おれは誰にも自分のことは語ったことはないよ。ただ、三味線弾きになる前の昔から、ちょっと知り合いだったってことさ」

「でも、みんな鉄五郎さんを敬《うやま》っているような感じ。まあ、なんとなく気持ちは分かるけど」

「徳次郎師匠と知り合う前は、おれはやんちゃをしててな……」

鉄五郎の、昔語りがはじまりそうになった。松千代が、耳を立てて聞く姿勢を取った。

「いや、やめとこう。昔のことは、おれは忘れたんだ。お松、鰻代を払って帰ろうぜ」

「そうね。もういいわ、聞く気も失せたし」

二膳の鰻丼代をお松が支払い、外へと出た。まだ暮《くれ》六ツ前である。明るさが残る前に、鉄五郎と松千代は溝《どぶ》を挟んで分かれた。

## 六

それから十日ほどが経った、めっきりと春らしくなった日の昼ごろ。

鉄五郎の人生が一変するほどの事が起きたのは、仁兵衛長屋の腰高障子に『新内』という文字が書かれた、引き戸が開いたときがはじまりであった。

「ごめんくださいまし……」

齢《とし》の行った野太い声が、四畳半の奥まで届いた。そのとき鉄五郎は、松千代の細棹三味線を抱え、音色を調《ととの》えているところであった。

「どなたさんで？」

三味線を弾く手を止め、鉄五郎は戸口に向けて声を投げた。開いた戸口に人が立つが、逆光で面相までは分からない。うしろにも人の気配があり、客は二人いるようだ。

そんな客に心当たりがなく、鉄五郎は首を傾げながら立ち上がった。

「お懐《なつ》かしゅうございます、鉄五郎さん。八方手を尽くして、捜しましたよ。こんなところに、おられたなんて」

言った相手に、鉄五郎はまったく憶えがない。五十歳前後の、恰幅のよい男であった。着ている物も光沢のある紬《つむぎ》の羽織で、小袖も同色の上等なものである。明らかに、商人を髣髴《ほうふつ》とさせる形《なり》である。それも、大店《おおだな》の主《あるじ》といった貫禄だ。うしろに立つのは、二十五歳前後で、鉄五郎と同じ齢ほどの男であった。

「すいません。あなたさんに憶えがございませんが、どちらさまで？」

新内で、以前座敷に呼ばれた客かと思ったが、そうではなさそうだ。

「手前、萬店屋《まんだなや》で大番頭を務めさせていただいております多左衛門《たざえもん》と申します」

多左衛門は、十八年前に放り出された実家からの使者であった。

「鉄五郎さんは、手前のことなど憶えておられんでしょうなあ。あなたさんが家を出たのは、たしか七歳のころ。もう、二十五になられたのですな。この清吉《せいきち》と同じ齢だ」

連れは、手代《てだい》の清吉といった。多左衛門の言葉に合わせ、清吉が深く頭を下げた。

見下ろす形で鉄五郎は框《かまち》に立ち、多左衛門と清吉は狭い三和土《たたき》に立って鉄五郎を見上げている。

「上がらせていただいて、よろしいですか？」

首が疲れたか、頭を回しながら多左衛門が言った。

「ええ。どうぞ、お上がりになって。狭いとこですが……」

「上がらせて、いただきましょ」

四畳半の中ほどで、鉄五郎と多左衛門が向かい合う。多左衛門のうしろに、清吉が控えている。

「どんなご用件で？」

蔑《さげす》んだような目をして、部屋の中を見回す多左衛門に、鉄五郎は不機嫌そうな声音で問うた。

「左様でした。単刀直入に申しますと、鉄五郎さんにご実家に戻ってきていただきたいと……」

「なんですって？」

いきなりのことで意味も分からず、鉄五郎は素《す》っ頓狂《とんきょう》な声をあげた。

「驚くのは、無理もございません。ですが、ここは鉄五郎さんに戻って……」

多左衛門の言葉が、途中で止まったのは、ガラリと音を立て腰高障子が開いたからだ。

「三味線の音、直った？」

挨拶もなく、声を発したのは松千代であった。振り向く清吉と、顔が向き合った。

「あら、お客様でしたか。失礼いたしました」

ピシャリと戸が閉まる音がして、松千代は出ていった。

「ご実家に……」

多左衛門の語りが再びはじまった。

茶も茶うけのもてなしもなく、およそ四半刻《しはんとき》にわたる、多左衛門の長い話であった。

その間、鉄五郎は腕を組み、目を瞑《つむ》って語りに聞き入っていた。

「……よくお考えいただき、ご返事をお待ちします」

多左衛門の、語りの締めであった。

「それでは、これで失礼を……清吉、帰りましょう」

鉄五郎の見送りもなく、多左衛門と清吉は外へと出た。

「こんなところに住んでいるなんて……」

長屋の全貌を見やりながら発する多左衛門の言葉は、鉄五郎の耳には届いていない。

「……鉄五郎さんに、何か異変があったのかしら？」

客の二人が木戸から出ていくのを、松千代が不安げな呟きを漏らしながら見ている。

「心配だわ。何があったのか、聞いてこよう」

音色が調った三味線を、引き取らなくてはならない。鉄五郎の様子を見にいくのに、丁度よい口実だろう。

腰高障子をそろりと開けて、松千代が中の様子をうかがっている。

「お師匠、よろしいですか？」

松千代の、遠慮がちな声音が鉄五郎の耳に届いた。

「お松か……」

と言ったきり、そのあとの言葉がつづかない。腕を組み、考えに耽《ふけ》っているところだ。

「また来ます」

「ちょっと待ってくれ、お松」

出ていこうとする松千代を、鉄五郎が言葉でもって引き止めた。

「大事な話があるんだ。上がってくれないか」

いつにない鉄五郎の真剣な声音に、松千代は怯《おび》えた表情を見せた。

「はい」

眉間に皺《しわ》を寄せ、怪訝そうな表情で松千代と向かい合う。どんな話かと、松千代の顔に、恐々とした表情が浮かんだ。

「先だって、お松はおれの昔を知りたいと言ってたな」

「ええ。鰻屋さんで……」

「ならば、みんな聞かせてやる。それでもって、お松の考えを聞かせてくれ」

「あたしの考えをですか？」

「ああ、そうだ。その次第によっては、おれは三味線を手離さなくてはならなくなる」

「ということは、新内をやめるとでも……？」

松千代のふと見せた悲しげな目つきに、鉄五郎は目を背《そむ》けて答える。

「そうだ。お松の、これからにも関わってくることだ」

「今、来られていたお客様と関わりがありますので？」

「ああ。あの人たちは、おれの実家からやってきた」

「実家って……？」

これまで、一度として誰にも語ったことのない自分の生い立ちである。松千代の問いにためらいを持つか、鉄五郎は一息呑んでしばしの間を作った。

「お松は、萬店屋って知ってるか?」

おもむろに、鉄五郎が問うた。

「萬店屋って、呉服屋とか材木屋などの大店を、三善屋《みよしや》という名であちこちに出してるその総元締めでしょ?」

「やはり、お松でも知っていたか」

「そりゃそうですよ。以前、お座敷に呼ばれたことがあったではないですか」

「そんなことが、あったか」

「お忘れなので? ところで、その萬店屋と鉄五郎さんにどういう関わりが……えっ、実家って……まさか」

口にしながら気づいたか、松千代が目を見開いて驚きの表情を作った。

「その三善屋を統轄する頭領《とうりよう》が、おれの実家なんだ。さっき来てたのは、そこの大番頭と供連《ともづ》れの手代だ。おれに、実家に戻って、家を引き継げと言ってきた」

「うそ」

と言ったきり、松千代の口はあんぐりと開き、言葉は止まったままとなった。

萬店屋とは、多角の事業を統轄するという意味で、いわば人びとが口にする俗称である。

その業種たるや、多岐にわたる。松千代の口から出た呉服商、材木商はもとより廻船問屋、両替商、建設業、石材屋、口入屋、水産市場、讀売屋等々にまで手を広げる、一大集合事業体である。本来、それぞれの業種の頭につく名は『三善屋』といい、創業以来それが店の通り名であった。

三善屋と名がつく本店、支店を合わせると江戸中にどれほどの店舗があるか、まともに数えてみないと分からない。その数の多さから、いつしか統轄する創業家を『萬店屋』と、人々は呼ぶようになっていた。

創業者である鉄五郎の父親は、萬店屋善十郎《ぜんじゆうろう》と呼ばれ、一代で三善屋を統轄する事業体を築き上げた男である。

善十郎は前妻、後妻と二人の妻をもち、四男一女の子をもうけた。鉄五郎はその末子にあたり、後妻が産んだ、ただ一人の男児であった。異母兄弟は、合わせて四人いた。長男は金太郎《きんたろう》、二男を銀次郎《ぎんじろう》、三男を銅三郎《どうざぶろう》といい、その下に長女のお鈴《すず》がいる。それまでが前妻の子で、善十郎が四十八歳のときに、後妻との間で鉄五郎は生まれた。

三男の銅三郎のことは、鉄五郎は記憶にない。鉄五郎が三歳のときに、鬼籍《きせき》に入ったからである。

長男金太郎とは二十五歳、二男銀次郎とは二十二歳の齢の開きがあった。長女のお鈴は、十二歳も上の姉であった。

異母兄弟であることと、あまりの齢の差から兄二人とは、鉄五郎はほとんど遊んだことがない。もっとも、鉄五郎がもの心ついたときには、すでに兄たちは父親のあとについて、遊ぶどころではなかった。なので、兄二人とも鉄五郎はほとんど憶えていない。幼いときに、お手玉などをしてお鈴と遊んだのがぼんやりと頭の中に残っているだけだ。そのお鈴も、鉄五郎が五歳のときに大店の若旦那のところに嫁に行った。以来、一度も顔を合わせたことはない。どこの店かということすら、鉄五郎には忘却の彼方にあった。ただ一つ鮮明に思い出すのは、お鈴の婚礼の際末席に座り、宴席で三味線、太鼓の音曲が奏でられ、いやに賑やかであったことだ。そして「――鉄五郎、いい子でね」と言ったお鈴の声が、鉄五郎の耳に今でも残っている。

## 七

萬店屋の後継者は、二人の兄と決められた。

将来、跡目諍《いさか》いの禍根を残さないようにと鉄五郎は七歳のときに、萬店屋とは関わりのない、浅草花川戸《あさくさはなかわど》の廻船問屋『川戸屋《かわどや》』へと奉公に出されたのであった。

幼心にも、鉄五郎は疎《うと》んじられたと思い拗《す》ねた。それでも、三年ほど廻船問屋の小僧を務め、そして嫌気がさした。

萬店屋の倅《せがれ》ということで、廻船問屋の倅を筆頭に、年上の小僧や手代たちから、叩かれ罵《ののし》られ、飯すらも食わせてもらえないときがいく度もあり、どれほど虐められたか分からない。勤める店が、萬店屋に乗っ取られるというのが、奉公人たちの言い分であった。現に善十郎は、そのようにして萬店屋の身代を大きくしていった。

赤子のころから、鉄五郎の体は栄養が行き届き、同じ齢の子供と比べ体が大きく育っていた。

最初のうちは、凄惨な虐待に鉄太郎も我慢を重ねて堪えていた。それが、十歳になったあるとき、鉄五郎の堪忍袋《かんにんぶくろ》の緒《お》を切る一言があった。「――おまえのお袋は、吉原の女郎《じょろう》だったんだってなあ。大旦那さんも変な女をもらったもんだぜ」と。その言葉が逆鱗《げきりん》に触れ、とうとう鉄五郎は手を出してしまった。それも、八歳上の店の嫡男にである。

八歳上とはいえ、背丈は同じほどで、腕力は遥かに鉄五郎のほうが勝っていた。力をつけようと、奉公に上がったときから鉄五郎は廻船荷の荷運びを、自ら進んで手伝っていた。そのために、十歳とは思えぬほどの筋力を身につけていたのである。人足に交じって仕事をしていたおかげで、蔑《さげす》んでいた奉公人たちは誰も鉄五郎の腕力に怖れをなし、次第に虐めは止んでいった。だが、鉄五郎には切ない思いだけが残った。

「……おれは、独りで生き抜いてやる」

十歳という、まだ世間では子供といわれる齢の子が呟いた言葉である。

廻船問屋を黙って抜け出し、鉄五郎は無一文で生き馬の目を抜く世知辛《せちがら》い世の中へと足を踏み入れた。

鉄五郎の生きる術《すべ》は、荷運びで培《つちか》った腕力一つである。無鉄砲だけが、命を支える糧《かて》であった。子供心にも、鉄五郎は絶対にやってはならぬという信条があった。それは、母親から植えつけられた言葉でもある。

『——他人《ひと》さまの物は、絶対に盗んでは駄目。おまえのお父っつぁんは、小さな小間物屋からはじめて、あれだけの身代を築いたのだから。小間物屋が困るのは万引きだって、いつも旦那様は口にしていた』

そんな言葉が頭をよぎり、どんなにひもじくても盗みだけはやらないと、心に決めていた。

松千代に向けて、鉄五郎が淡々と昔話を語っている。

吹っ切れたか、語る言葉に澱《よど》みがない。ただ、他の者には喋るなと念だけは押してある。「——絶対に他人《ひと》には喋らない」と、松千代の同意も取り付けていた。

「あのときのおれは、いつも腹を空かしてた。寝るところだって、満足にありゃしない。人さまの家の軒下とか、縁の下をねぐらにしていた。まるで、猫の子と同じだぜ」

遠くを見つめるような目つきで、鉄五郎が語りをつづける。

「おれの一番の稼ぎは、喧嘩の助《すけ》っ人《と》だった。ある日、こんなことがあってな……」

いつものように腹を空かせ、日本橋の裏通りを歩いていたときであった。着ている物はボロボロで、着物の体《てい》を成してはいない。足に履く草鞋《わらじ》は擦り切れ、歩きづらいことこの上ないと、とっくの昔に捨てて以来裸足である。おかげで、足の裏は丈夫になったが、冬は辛い。そんな状態でも、鉄五郎は父親を頼ることはなかった。

いつのときか、三善屋と看板が掛かった呉服屋の前でたたずんでいた。

――ここに入れば、飯と着物にありつける。

ぼんやりと、鉄五郎の頭の中にあった。しかし、一歩踏み出せないのは意地である。

自分を追い出した親父なんかに、絶対に頼りたくないと。

ふと鉄五郎が気がつくと、体がびしょ濡れになっている。

「――ここは、物乞いが来るところじゃないよ」

同じ年ごろの三善屋の小僧から、手桶の水をぶっかけられたからだ。

「汚いから、あっちに行け。そんなところに立ってられたら、売ってる着物に臭いが移っちまう」

まるで、野良《のら》の犬猫のようにあしらわれる。罵《ののし》られ、悔しくもあったが、鉄五郎は自分の身形《みなり》を見やった。これでは仕方がないと思い至って、その場をあとにした。

初冬のころで、濡れた体は余計に寒く感じる。北風は、容赦なく鉄五郎を凍えさせた。ぶるぶると、震えながら町をさまよい歩く。

そのときの思いがよぎり、鉄五郎は松千代に向けてふと口にする。

「あのときの寒さは、先だって大川に浸かったどころではなかったな。死ぬかと思ったくらいだ」

こんなことぐらいで負けて堪《たま》るかと、鉄五郎は寒さから身を逃れるために、奔《はし》り出した。人通りの多い日本橋の目抜き通りを、本銀町《ほんしろがねちょう》あたりから南に向けて駆けた。

最初のうちは風を切り、寒さが身に滲《し》みたが、そのうちに体が温かくなってきた。無我夢中で鉄五郎は奔った。ぶっかけられた水の雫《しずく》は、いつの間にか汗となって周囲に飛び散る。

日本橋を渡り、いつしか鉄五郎は増上寺《ぞうじょうじ》の門前である、芝《しば》の浜松町《はままつちょう》あたりまで来ていた。空腹は絶頂に達していたが、体は熱い。空腹と寒さにとりあえず、片方だけは凌ぐことができた。

ここは徳川《とくがわ》将軍家の菩提寺《ぼだいじ》である増上寺の門前。周囲には、別院が建ち並ぶ寺町である。鉄五郎は、もしかしたらという気持ちになった。

寺には、墓地がある。墓地といえばお供物が。饅頭《まんじゅう》の一つもあるはずだと、思ったとしても不思議ではない。鉄五郎が、線香の煙が漂う別院の山門を潜《くぐ》ったそのときであった。

「──たっ、助けてくれ」

哀願する、男の声が墓所の中から聞こえてきた。

「命が惜しけりゃ、懐《ふところ》の中のものを出しな」

つづけて、無頼の脅し声が聞こえてくる。すでに、日は西に傾き夕刻という時限であった。墓の参拝客はなく、寺男の姿も見えない。鉄五郎は、声のするほうへと近づいていった。

商人風の年老いた男が、三人の風体《ふうてい》のよくない若者たちに絡《から》まれている。明らかに、銭金を強奪する恐喝の輩《やから》であった。

「そんなところで、何してるんだ？」

後先考えず、鉄五郎は声をかけた。

「なんだ、汚ねえ餓鬼じゃねえか。あっちに行ってろ」

「行かないね。あんたら、強盗だろう？」

「なんだと？　餓鬼だからって、容赦しねえぞ」

鉄五郎は、素手で三人を相手にする。九寸五分《くすんごぶ》の匕首《あいくち》が、三人の手に握られている。三本の刃の鋒《きつさき》が、鉄五郎一人に向いた。匕首を手にした相手と、やり合ったことは一度もない。だが、不思議にも鉄五郎には恐怖心というのが沸いてこない。どこからでもかかってこいと、鉄五郎が仁王立ちになるとかえって相手は怯《ひる》んだ。

「来ねえってんなら、こっちから行くぞ」

先手必勝とばかり、鉄五郎は真ん中に立つ一人に狙いを定め、体ごとぶち当たっていった。肩が相手の顎《あご》に命中し、相手はもんどり打って倒れる。鉄五郎はその勢いを、左にいる男に向けた。裾《すそ》を捲《まく》り上げ、回し蹴りを喰らわせる。裸足の足の甲が脇腹にぶち当たると、相手はゲホッとあいきみたいなものを吐いてその場にひざまずいた。一瞬にして、二人やられた仲間を見て、残った一人が怯《おび》えを見せた。匕首の鋒を向けるが、腰が引けている。匕首の構えに怯むことなく鉄五郎は近づくと、相手の手首を手刀で打ち払った。

「今のおれ以上に、汚ねえ虫けら野郎どもだ」

一言台詞《せりふ》を吐いて、鉄五郎は相手の顔面に鉄拳を三発ほどぶち当てた。

三人を素手でもって打ちのめし、鉄五郎が負ったのは二の腕一個所のかすり傷だけであった。このことで、鉄五郎は喧嘩に自信をつけた。

「助けていただいて、ありがとうございます」

商人からいく度も頭を下げられ、そして着物と食事、一泊の宿といくばくかの銭を与えられた。

これが生きる術《すべ》だと鉄五郎が知ったのも、このときが最初であった。

鉄五郎の話を、松千代が袂《たもと》を目尻にあてて聞いている。

「それからというもの、おれは喧嘩の助っ人を生業《なりわい》とし、それでもって糊口《ここう》を凌いできた。その腕っ節を買われ、やくざの貸元《かしもと》からもかわいがられるようになった。なんせ、十歳かそこらの餓鬼が、長脇差をもった大人相手に棒切れ一本で立ち向かっていくのだからな、無鉄砲ったらありゃしないだろ」

「よくぞ、生きてこられましたね」

袂を目尻から離し、松千代が苦笑いを浮かべて口にする。

「死んだってかまわないと、覚悟を決めてかかりゃなんてこともないさ。大事なのは、何ごとにも恐れないで立ち向かっていくことだ。そうすりゃ、けっこうなんとかなるもんだぜ」

鉄五郎の、自信のほどがうかがえる言葉であった。

「先だって、鰻屋でやくざ者たちがおれの顔を見ておとなしく引き下がったろ」

「ええ、ありましたね。なんだか、鉄五郎さんを怖がっているようでしたけど……本当に、知らない人たちだったのですか？」

「いや、よく知ってる顔だよ。とくにあの兄貴分てのは、どうしょうもなく悪い奴でな。弱い者を虐めては、銭金をふんだくってる。六年ほど前、いやってほど打ちのめしてやったことがあってな。それからというもの、町で顔を合わせてはおれに頭を下げやがる、ちっぽけな野郎だ」

「そんなに喧嘩っ早い鉄五郎さんが、どうして新内流しなんかに？」

松千代にも語ったことがない、鉄五郎の闇の部分であった。それを、これから語ろうとしている。

「一度も話したことがなかったっけ？」

「ええ、聞いてません」

鉄五郎が、その経緯《いきさつ》を他人に向けて語るのは、初めてのことである。

「おれは、お袋のことを思い出してな……」

しんみりとした、鉄五郎の語り出しであった。これまで母親のことは、詳しく誰にも語ったことがない。

「お袋が、吉原の遊女だったって言ったっけ？」

「ええ。それでもって、虐められたと……」

鉄五郎が初めて奉公に上がったときの話を、松千代は思い出して言った。

「おれのお袋は、萬店屋善十郎に見初《みそ》められ、身請《みう》けされて後妻となった。おれが生まれたときは、親父も四十八という高齢だった。そのため、お袋が産んだ子はおれ一人だ。無性に母親のことが知りたくなって、おれは生まれて初めて吉原ってところに足を踏み入れた。もちろん、吉原がどういうところかは知ってたが、それだけに行くのを拒んでいたんだ」

鉄五郎が、吉原に向かうため、今戸《いまど》から山谷堀《さんやぼり》沿いの日本堤《にほんづつみ》を歩いていたときであった。遠くにぼんやりとした、吉原遊郭の明かりが見える。そこを目当てに歩いていると、向かいのほうから三味線の響きが聞こえてきた。

頭に吉原被りをした男二人の、新内流しであった。三味線を弾きながら、先を歩く太夫が新内を語っている。

〽見返り坂から差す指の　先はよしわら揚屋町《あげやちょう》　どこで鳴るやら
夜四つの鐘　遊女琴萩《ことはぎ》　褥《しとね》相手の目を見つめ　三味の糸より細い指
冬の雪より白い肌　この身はすべてぬしのもの……

すれ違う際、語りの詞《ことば》が耳に入り、鉄五郎は立ち止まった。そして、新内流しに声をかけた。

「——新内さん、ちょっと待ってくれませんか？」

三味線の音が止み、新内流しの二人が振り向いた。

「なんでございましょう？」

「すまねえけど、今の語りのところ、もう一度聴かせてくれませんかね？」

鉄五郎が、その節の部分を聴きたくなったのには理由《わけ》がある。吉原にいたときの、母親の源氏名が『琴萩』と聞いたことがあるからだ。

「ようござんすとも……」

三味線の旋律が戻り、同じ語りが繰り返された。

日本堤ですれ違った新内語りの演目は、萬店屋善十郎と遊女琴萩、つまり鉄五郎の母親との馴《な》れ初《そ》めを物語にしたものであった。

当代一の大商人と格子女郎《こうしじよろう》の恋仲は、浄瑠璃《じようるり》の物語にするにはうってつけの題材である。鉄五郎は、たまたま吉原遊郭に向かう途中で、その一節を聴いた。

「そのとき聴いた、三味線の音色にもおれは惚《ほ》れてな……」

「もしや、そのときの太夫って……」

「ああ。お松が思っている師匠だ」

鉄五郎が言う師匠とは、平右衛門町で三味線屋を営む徳次郎であった。その一節を聴けばもう吉原に行くことはない。鉄五郎は引き返し、徳次郎のあとを追った。

すっかりと無頼から足を洗った鉄五郎は、徳次郎のところに入り浸り、三味線と新内節を二年の間に、みっちりと身につけたのであった。

# 第二章　巨万の富で何できる？

## 一

鉄五郎が新内節の腕を上げ、そろそろ一人立ちとなったころ、徳次郎の仲間から松千代を紹介され、相方となった。

二人が組んで、新内を流しはじめたのは三年ほど前である。初めの一年は、流し歩いてもさっぱりお呼びがかからず、足だけが棒のように固くなった。しかし、これも修業のうちと、意に介してはいなかった。

もとより美声の鉄五郎と、艶《つや》っぽさが売りの松千代である。見栄《みば》えのよい二人を、世間が放っておくわけがない。鉄五郎の本調子と松千代の高調子三味線が、ようやく受け入れられたのは、流しはじめて一年と二月《ふたつき》ほど過ぎたころであった。

「――新内さん、ちょいと頼むよ……」

日本橋伊勢町《いせちょう》の料亭『花菱《はなびし》』の女将《おかみ》から声をかけられたのが、座敷で演ずる最初の仕事であった。

町中で流して得られる、一節《ひとふし》三十文の報酬とはまったく違った額に、鉄五郎と松千代は、ほっと一息ついたものだ。だが、そのときの鉄五郎は、複雑な思いがあった。

初めてお座敷で披露した宴席は、萬店屋が統率する大店《おおだな》の大旦那衆を一堂に集めた祝儀の席である。そのときの萬店屋の総帥《そうすい》は、五十を前にした初老の男であった。その並びに、紫のちゃんちゃんこを着た、かなり齢《とし》がいった老人が座っている。鉄五郎は、その老人が父親である萬店屋善十郎であることは、すぐに分かった。もちろん、その場で実子であることを、おくびにも出すことはない。

自分を家から放り出した父親で、二度と顔を拝みたくないと思っていたが、偶然とはいえいざ目前にすると、不思議とそんな感情は湧いてこない。時の流れなのか、許す心が芽生えていたのか、そのときの鉄五郎には答の出せるものではなかった。

すでに善十郎は隠居生活に入り、萬店屋は長男金太郎の代に受け継がれていた。鉄五郎がそのときふと怪訝《けげん》に思ったのは、二男の銀次郎の姿がなかったことだ。銀次郎が他界しているのを知ったのは、これより少しあとである。

親子二人は上座のど真ん中に座り、両脇に芸妓をはべらせている。そして三十人ほどの、三善屋の店を任された大旦那衆たちが二列に向かい合って座を取っている。

善十郎の、喜寿《きじゅ》の祝いの席であった。だとすると、母親がいないのがおかしい。鉄五郎が、そんなことを考えているところに善十郎のしわがれた声が聞こえた。

「わしは、新内流しの浄瑠璃語りが大好きでの……」

下座の屏風《びょうぶ》を背にして座る鉄五郎を、むろん善十郎は自分の倅《せがれ》とは気づいていない。

「外で、新内流しの三味線が聞こえてきたので呼んだのだ。なんでもいいから、一つ聴かせてくれ」

善十郎から、鉄五郎は直《じか》に声をかけられた。

急場の呼ばれで、鉄五郎は何を演じようかと迷った。

そして、思いついたのは――。

「お松、『見返り廓坂《くるわざか》』をやるぞ」

小声でもって演目を言うと、すぐに太棹三味線の一の糸を撥《ばち》で弾いた。太く、重い音量の出だしに合わせ、松千代の高調子三味線が高い音律を奏でる。

低い音と高い音が重なり合って、山谷堀の静かな流れと吉原の喧騒を表現する。しばらく三味線の伴奏があって、鉄五郎が語りに入る。

浄瑠璃語りの、聞かせどころへと差しかかった。

〽見返り坂から差す指の　先はよしわら揚屋町　どこで鳴るやら

夜四つの鐘　遊女琴萩　褥相手の目を見つめ　三味の糸より細い指……

詞を語りながら、鉄五郎は五間先に座る善十郎の顔を見やっている。その顔に、変化はない。鉄五郎は、同じ旋律に戻り、二度同じ個所を語りはじめた。それに慌てたのは、松千代である。だが、新内節は、途中で旋律が変わることがよくある。即興に応えることができなければ、よき相方とはいえない。元に戻った本調子に、松千代が音階を合わせた。

二度目の同じ個所の件《くだり》で、善十郎の顔に変化があった。大旦那衆たちは、退屈したように酒を酌み交わしている。

四半刻《しはんとき》の語りを終えて、鉄五郎と松千代は畳に伏した。

「お粗末さまでした」

頭を上げたとき、目の前に善十郎の姿があった。

「なかなかいい語りだったぞ」

言って善十郎は懐《ふところ》から、五両の金を出した。こんなにはいらないと返したが、いいから取っておけ、と受け取らない。そして、こんなやり取りがあった。

「どこに住んでる？」

鉄五郎は答えたくなかったが、拒むこともないと思った。

「神田小柳町の、三平長屋ってところです」

まさか、目の前にいるのが自分の子だとは気づいていないだろうと、住まいを明かした。そのころ鉄五郎は、今とは別のところに住んでいた。

「そうか。また聴きたくなったら、使いを出す」

と言って、善十郎は自分の席へと戻った。

それから、半年ほど経ったときのこと。

神田小柳町の三平長屋に、萬店屋本家から使いが来た。善十郎が、新内を聴きたいとのことだ。鉄五郎と松千代は、正装である羽織袴の舞台衣装を着て本家へと赴《おもむ》いた。

その衣装は、以前の席でもらった五両でもって、誂《あつら》えたものであった。

萬店屋本家は、浜町河岸にある。敷地が三千坪、母家は一千坪もあり、大名の上屋敷に匹敵するほどの、町人の住まいとしては大豪邸である。周囲は武家屋敷が建ち並び、その一角にあるが、萬店屋は特別に許可されて居を構えていた。

鉄五郎の、生家であった。広い家であったことは記憶にあるが、どこの部屋で暮らしていたかまでは憶えていない。番頭という中年の男に導かれ、鉄五郎と松千代は善十郎の部屋へと向かった。

鉄五郎はどうしても、案内をする番頭に訊いておきたいことがあった。

「――ご隠居様の奥さまは……？」

生きていれば、十六年ぶりの再会である。

――はたして、憶えているだろうか？

鉄五郎が期待半分、怖さ半分の心持ちで問うた。

「五年ほど前に、ご他界なされてな……」

番頭が、なんのためらいもなく答えた。家を出てからあとは、母親に関することは、まったく耳にすることはなかったし、自分から知ろうとも思わなかった。だから鉄五郎は、母が亡くなっているのさえ知らずにいた。

鉄五郎の心に、さほどの衝撃はなかった。まだ存命ならば半年前、喜寿の祝いの席で善十郎の隣に座っていたはずだ。そんな思いもあって、鉄五郎に覚悟だけはできていた。

新内語りの聴き手は、善十郎一人である。

二間先に、父善十郎の皺顔《しわがお》があったが、動じぬ顔で鉄五郎が問う。

「――お聴きになりたい演目はございますか？」

「そうだな。だったら『明烏夢泡雪《あけがらすゆめのあわゆき》』でもやってもらおうか」

新吉原の遊女浦里《うらさと》と、大店の若旦那時次郎《ときじろう》の廓《くるわ》抜け道行き心中物語である。新内節の中でも、定番の端物《はもの》であった。

〽もつれ髪取り上げる間も中田圃《なかたんぼ》　寝巻きながらの抱え帯
　鐘は上野《うえの》か　浅草の森を離れて花川戸　吾《あ》が妻橋《つまばし》と手をとりて
　素足に辛き石原《いしわら》の　川辺《かわべ》伝いにおぼろ月……

新内節が、佳境にかかるところで、善十郎の目に光るものが宿った。鉄五郎は、それに気づくも語りを進める。

〽明日は浮名を竪川《たてかわ》や　われから招く扇橋《おうぎばし》　この世を猿江大橋《さるえおおはし》の
森の繁みに辿《たど》り着き……

四半刻にわたる、長い演目であった。

「泣ける話だ、よかったぞ」

語り終えた鉄五郎を、善十郎が労《ねぎら》った。最中での涙は、わが子を想ってのものでなく、物語の泣き所だと知って、鉄五郎は心の中で苦笑った。

「大夫の語りはよいが、一つだけまずいところがあるな」

「まずいとは、どんなところでございましょう？」

「その三味線だ。そんな安物を使っていては、駄目だ。これでもって作家物の、もっとよい三味線を買え」

と言って善十郎は鉄五郎の膝元に、二十五両の切り餅と五両の小判を重ねて差し出した。都合、三十両である。

「こんなにも……」

「それだって、安物だ。もっと出してあげたいが、今のおまえたちの腕ではそのくらいの物でいいだろう。それが、釣り合いというものだ。腕が上達すればするほど、もっと上等な物が欲しくなってくる。そうなったときは、自分たちの力で買え」

ありがたく、鉄五郎は三十両を懐に入れた。

その三十両を丸々、鉄五郎の太棹と、松千代の三味線に費やしたのであった。

桁違いの音色に、鉄五郎と松千代の新内節はますますの評判を取ったものの、その後は萬店屋善十郎からのお呼びはなかった。

善十郎の他界を知ったのは、それから半年後のことであった。

二

鉄五郎と松千代の話は、萬店屋跡目の件《くだり》となった。

「ずっと以前、大旦那様の喜寿祝いの宴席で集まっていたのは、それぞれの三善屋のご主人たちでしょ。見るからに、大店の主といった立派なお方たちばかりが集まって、圧巻だったのを憶えてる」

その三善屋全店を束ねる総帥の話が、鉄五郎に降りかかってきているのだ。長男の金太郎が他界して、その跡目を継いでくれとの話である。

「萬店屋の大旦那様は、鉄五郎さんのことを、ご自分のお子と知っていたのかしら？」

「ああ、知ってたんだろうな。だが、面と向かっては口に出さなかった。あのとき、これで三味線を買えと言って三十両を出しただろ。それが、親父の気持ちの表れだと、おれは今にして思っている。そのことを大番頭の多左衛門さんに訊いてみたが、口を濁していた。だが、そうでないと今ごろになっておれのところを訪れてきたりはしないだろうよ」

「それはそうかも。でも、旦那さんにはお子がいないのかしら？　もしいたとしたら、萬店屋の跡取りは、その子たちが継ぐのでは」

「お松にしては、いい質問だな。おれも、そこのところを多左衛門さんに訊いてみた」

「そしたら……？」

「いないから、おれのところに跡目話が降りかかってきたのだ」

「そういうことよね」

得心がいったような、いかないような中途半端な松千代の返事であった。

途轍《とてつ》もない財をなしたが、善十郎は子孫に恵まれなかった。血を分けた子供のうちで、人一倍丈夫に育ったのは鉄五郎だけである。男孫もみな早死にで、女孫だけが残っている。そして長男の金太郎が一月《ひとつき》前に亡くなり、これで萬店屋を統轄できる男子の血縁者は、鉄五郎だけとなった。

「兄と男孫がいなければ、おれが継がなくては萬店屋の代は途切れるってことだ。だが、正直言っておれは迷ってる」

「何も、迷うことなんかないんじゃないの？　鉄五郎さんが萬店屋を継いだら、一躍大金持ちになるわよね」

今まで洟《はな》を啜っていた松千代とは思えない、浮き浮きとした口調となった。

「そんな大金、おれは別に欲しくはないぜ。三味線を弾いて、新内節を語っているのがおれにとっては一番だ」

「でも、お金を持ってみたら気持ちは違ってくるかもよ。ああ、お師匠が三善屋の総元締めか。そうなったら、あたしにもいくらか……」

「何を言ってる、お松。いくらかあげるのはいいとして、おれがいなくなったら、おまえ誰と相方を組むんだ？」

「あたし、鉄五郎さん以外の人とは考えられない。だったらお嫁さん……いえ、あたしだと不釣り合いか」

複雑な思いが、松千代の面相に表れている。ふと、口に出しかけた言葉を慌てて引っ込めた。それを、鉄五郎が気づいているかは分からない。

「まあ、心配するな。おれは、萬店屋の総帥なんかになったりはしない。だいいち、商人なんかでないおれに、どうやってあんなにたくさんの店が見られる？　おれなんかが元締めになったら、たちまち店を潰してしまうよ」

あっけらかんとした口調で、鉄五郎が言い放つ。

「逆に、あれだけ大きくなれば、総帥は何もしなくてもいいのだと思うわ。それぞれのお店には、旦那様がちゃんといて、その人たちに任せているのでしょうから。鉄五郎さんは、遊んでたっていいんじゃないの」

松千代の言うことは、大番頭の多左衛門からも聞いている。ただ何もしないで、じっとしているだけでいいと言っていた。

「ここは、何も考えなくていいんじゃない」

松千代が、鉄五郎の背中を押す。何不自由のない生活がそこにあるが、一つだけ腑に落ちないことを聞かされている。萬店屋の総帥になったからには、新内流しから手を引くことが条件であった。理由は、萬店屋総帥としての品格が保てないというだけである。

「やはり、新内流しを選ぶとするか」

出された条件に嫌気がさし、鉄五郎の気持ちは新内流しに傾いた。

「いいえ、その逆。あたしのことなんか考えなくていいから、弁天太夫は萬店屋に戻るべきよ」

言葉に松千代の心理が表れていると、鉄五郎は取った。本当に萬店屋に戻したかったら『弁天太夫』なんて言葉は、使わないはずだと。背中は押すが、帯をつかんでいるといったところか。

「とにかく、もう少し考えてみるとするか」

はっきりとした結論も出せず、鉄五郎の気持ちは持ち越しとなった。

鉄五郎の気持ちが固まらないうちに、さらに十日ほどが過ぎた。

その間、松千代は一切口を挟むことなく、鉄五郎の出方をうかがっていた。

「……どちらを選んでも、あたしが口出しするところではないわ。でも、できればいつまでも一緒に三味線を弾いていたい」

松千代の呟きは、鉄五郎には届いていない。

萬店屋の総帥か新内流しのどちらを選ぶか、鉄五郎の心の中で、葛藤が渦巻いていた。要は『お宝』を取るか『生きがい』を取るかのどちらかである。萬店屋は潰したくないし、新内流しもやめたくはない。

「……両方取れれば、それに越したことはないのだが」

両立ができないものかと、鉄五郎の考えが向いたところで、萬店屋の大番頭多左衛門が、供の手代清吉を連れて再び訪れてきた。用件は、鉄五郎の気持ちが決まったかどうかを聞きにである。

「いかがでございましょう？　早いところ、こんなむさ苦しい長屋から出て、浜町のお屋敷に住まわれましたら」

なぜに考えることがあると、多左衛門の遠まわしな言い方であった。余計なお世話だと、鉄五郎は思うものの口には出さない。

「しかしなあ……」

「何をおためらいでございます？」

煮え切らない奴だといった心根が、多左衛門の面相に表れている。

「やはり、新内流しができないってのが一番辛い」

「お気持ちは分かりますが、鉄五郎さんに戻っていただかないと、萬店屋は二代で途切れてしまいます」

「孫娘たちにやらせたらいいのでは？」

「それができないから、ここに手前が来ているのでございます」

いらつきがもろに表れた、多左衛門の口調であった。

「萬店屋が途切れたら、どうなるので？」

「跡取りがいなければ萬店屋の家屋敷、財産はすべて公儀のものとなるでしょうな。今手元にある小判だけでも、ざっと百万両はくだりません」

「そんなにあるのか？」

「いいえ、もっとあります。三善屋全店からの利益分配いわゆる報酬に加え、株や沽《こ》券《けん》の権利を持ってますから、その価値は一千万両、いやその数倍にはなるでしょう。果たして、どれほどになりますやら……」

大番頭の多左衛門すら、想像もつかないほどの巨大な富だという。

「いっ、一千万両の数倍……！」

驚きで、鉄五郎の言葉がそれ以上は出てこない。

「鉄五郎さんのお父上は、一代でそれだけの財を築いたのです。ですが、財産はそれだけではありません」

「まだあるので？」

「はい。このあとも、財が財を呼び、資産は増える一方となります。どんなに使っても使っても、減ることはないのです。まさに大富豪、いやそんなちっぽけな言葉では表せないほどの、桁違いの大金持ちとなるのです。超富豪といったところですかな」

超富豪とは、初めて聞く言葉である。大富豪の、さらに上を超えるということか。

「そんな金、持ってたって……」

四畳半の畳の上で考えても想像がつかないと、鉄五郎は言葉にできないでいる。

「いらないと言えば嗣子《しし》断絶で、財産はみすみす幕府に持っていかれます。それで、よろしいのですか？　現に、ご公儀は虎視眈々《こしたんたん》と萬店屋の財産を狙ってきています。それを守れるのは、鉄五郎さん、あなただけなのですぞ」

一膝乗り出して、多左衛門は口角泡を飛ばす。その唾が、鉄五郎の顔に数滴かかった。だが『超富豪』という言葉が、鉄五郎に良案をもたらせた。

「分かりました。ただし、二つ条件がある」

鉄五郎は萬店屋の弱みを握り、条件如何《いかん》では跡継ぎになると言葉を添えた。

「その条件とは？　呑めるものでしたら、いくらでも呑みます」

「一つは、萬店屋の総帥でいながら、新内流しができること」

「いや、それだけは……萬店屋の品格に差しさわりが出てきます」

「なんだい、その品格ってのは？　だったら、財産みんな公儀にくれちまったらいいじゃねえか」

鉄五郎は、あえて無頼調の下品な言葉で応じた。

「おれは、これからも新内流しで行くとするわ。交渉決裂、さあ帰ってくださいな」

鉄五郎は、多左衛門の顔色をうかがいながら言い放つ。

「弱りましたな」

苦虫《にがむし》を嚙み潰したような、多左衛門の苦悶の表情であった。背後に控える手代清吉の表情に変化はない。むしろ、鉄五郎の言葉に含む笑みさえ浮かべている。

多左衛門の答が返るまで、しばしの間が生じた。そして、ようやく絞り出すような言葉が多左衛門の口から漏れる。

「分かりました。その条件を吞みましょう。ただし、新内流しでいるときは萬店屋の主ということは、絶対に漏れないように」

「もちろんだ。超富豪の新内なんて聴いたって、誰も喜んだりはしないだろうよ。悲しい場面だったとしても、泣くのが馬鹿馬鹿しくなりそうだ」

「なるほど、それもそうでしょうな。それで、もう一つの条件というのは？」

「その、有り余る金というのを、おれの好きなように使わせてくれ」

自分で使えない金なんて、持っていても仕方がない。鉄五郎にとって、これも大きな条件の一つであった。

「何に、お使いで……？」

夜風が凌げ、起きて半畳寝て一畳の隙間と、息ができるほどの飯が食えればよいという考えは、今でも変わっていない。だが、重くて邪魔だと思っていた金が、他人には絶対にできない、大きな力を与えてくれるはずだ。すでに鉄五郎の頭の中で、思い浮かべていることがあった。

――千太郎、今ごろどうしているか？

冷たい大川の水中に身を投げた、母子《おやこ》のことを鉄五郎は心に浮かべていた。済んだことだと、脳裏から離れ去っていたことがぶり返す。

「悪いようには使わないから、そこは信じてもらいたい」

「貴方様の財産ですから、どのように使おうがよろしいです。ですが、かわいそうだからといって、貧しい人々に恵むことだけは、けっしてなさってはなりませんぞ」

志乃、千太郎母子の、これからの生活に役に立ってもらおうと、いくばくかの恵みを授けようと鉄五郎は考えていた。だが、真っ先にそれは否定された。

「なぜに？」

「それは、先々代様の遺言でもあります」

「親父の遺言？」

「はい、左様です。先々代様は、それについては、こうおっしゃられておりました。『金には川と同じように流れというものがあって、活きた金の使い方は清い流れになるが、死んだ金は川底へと沈み澱んで腐り役に立たなくなる。貧しい人たちに、ただ恵むだけでは川に金を放り捨てるのと同じことだ』と。ただやたら貧しいからとの情けだけで恵み与えたのでは、その人のためにもならず、活きた金の使い方とはいえないってことでしょうな」

このとき鉄五郎の脳裏に、よぎったことがあった。

——親父は、ずっとおれのことを見ていたのかもしれない。

七歳で奉公に出され、十歳で廻船問屋を飛び出したあとの、あの悲惨な生き様も善十郎には分かっていたのだと。

喜寿の祝いの席で新内を語った鉄五郎を、その席ではすでに自分の子であることを知っていた。それでも、おくびに出すことはなかった。あのときにもらった五両という金を、鉄五郎は恵んでくれたものと思っていたが、それは意味が違うものだと、今にして初めて善十郎の思いを知った。

「……あの五両は、おれとお松の、新内節への正統な対価だったのか」

鉄五郎の、小さな呟きであった。

三

活きた金の使い道とは、どういうことか鉄五郎は真剣に考えた。だが、まとまった銭を持ったこともない男が考えても、すぐには答が浮かぶものではない。

「統帥様《とうすい》……」

いかに活きた金をと考えているところに、多左衛門の声が耳に入った。これまで統帥様などと呼ばれたことのない鉄五郎は、返事をすることもなく思案に耽《ふけ》っていた。

「もし、統帥様」

二度目に呼ばれ、鉄五郎の頭の中は現実に戻った。

「統帥様って、おれのことか？」

「左様です。萬店屋の跡目を継いだからには、統帥様と呼ばせていただきます。萬店屋の長《おさ》はそう呼ばれていますので」

「頼むから、統帥様ってのだけはよしてくれ」

「でしたら、なんと呼べば？」

「そのまま、名を呼べばいいんじゃねえの」

「ですが、手前どもは鉄五郎さんとは呼べませんな」

「でしたら、大元締めとお呼びすればよろしいのではございませんか」

　ここで初めて清吉が口を利いた。

「元締めはいけません。仕事人ではあるまいし、そんな下品な呼び方は、萬店屋にはそぐいません」

　清吉の案は、多左衛門によって真っ向から否定された。

「でしたら、様はつけず統師と呼ばせていただきます」

　名前はもとより、鉄五郎にいろいろな呼び名ができた。弁天太夫、お師匠、それに統師が加わる。それぞれの立場でもって、鉄五郎への呼び方が異なってくる。ややこしいので、聞いているほうも注意が必要だ。

「まあいいや、なんだって」

　呼び方など、どうでもよい。途轍《とてつ》もない巨財を手にし、それをどうやって活かして使おうかと、鉄五郎の頭の中は一杯である。

　鉄五郎が、萬店屋の統師になろうと気持ちを変えたのは、志乃と千太郎母子のことが脳裏にあったからだ。

「……ならば」

鉄五郎が、ふと呟いた。

「ならばとは……何かございましたでしょうか？」

萬店屋の統帥となった以上、大番頭としては鉄五郎の一言々々が気になってくるのだろう。

「いや、こちらのことだ」

顔をのぞき込む風にして問う多左衛門に、鉄五郎は心内《こころうち》を見透かされないように答えた。

多左衛門と清吉が居ずまいを正し、鉄五郎と向き合う姿勢が変わった。この瞬間から、主従の間柄となる。

「きょうから鉄五郎様は、晴れて萬店屋の統帥となられました。今後、いく久しゅう、よろしくお願い申し上げます」

鉄五郎に向けて、大番頭と手代が畳に額をつけて拝礼した。そして口上《こうじょう》を済ますと、おもむろに体を戻し、多左衛門が従者として口にする。

「さっそくこちらを引き上げて、浜町のお屋敷にお移りくださいませ」

「いや、ちょっと待ってくれ。さっそくと言われても、こっちにも準備というものがある。引越しは、五日ほどあとにさせてくれないか。それと、もう一つ条件があるし」

「条件とは？」

まだ何かあるのかと、多左衛門は恐々とした表情となった。

「いや、ちょっと耳を……」

小声でもって、鉄五郎は耳打ちをする。

「よろしいで、ございます」

多左衛門の同意を取り付け、鉄五郎の表情は晴れやかとなった。

「それでは五日後ということで、お待ちいたしております」

かくして鉄五郎は、新内流しをやりながら、萬店屋の巨万の富を受け継ぐこととなった。

多左衛門と清吉が引き上げたあと、鉄五郎は松千代を呼んだ。

「てなわけで、おれは萬店屋の跡を継ぐことになった」

松千代を前にしての、開口一番であった。

「へぇー」

驚きで、松千代のあとの言葉が出てこない。

「そんなんで、ここにいるのはあと五日ほどだ」

「さようですか」

がっかりとうな垂れる、松千代の姿であった。

「どうした、お松？　そんなに、がっかりすることはないだろ。おれをあと押ししたのは、おまえじゃなかったっけ？」

「でも、いざとなるとやはり寂しいものです。お師匠と一緒に、新内を流せないなんて……」

声をくぐもらせながら松千代は、袖の袂で目頭を拭う。

「寂しくなんか、ちっともないさ。萬店屋を引き継ぐにあたってな、おれは条件を出した」

「なんてですか？」

「新内流しをつづけさせてくれたら、跡を継いでやるって。数千万両を幕府に取られるくらいなら、そのくらいは呑んでくれるさ」

「えっ、今なんと……数千万両と言いませんでした？」

目を丸く見開き、仰天《ぎょうてん》の表情で松千代が問うた。

「ああ、言ったよ。萬店屋がもつ財に、三善屋からの報酬と権利などを合わせたら、財産はどれほどあるか分からないって、大番頭は言ってた。そして今後も、財はどんどん増えて……」

「まさか鉄五郎さんは、それに目が眩《くら》んで……？」

「馬鹿やろ、そんなんじゃねえや。おれはな、その財を世のため人のために使ってやろうと思っているんだ。ただし、ただ貧しいからといって恵んでやることはしない。それは、活きた金の使い方じゃないからな。きれいに流さないと、川が汚れるだけだ」

「言ってることがよく分からないけど、要は、世の中のために役立たせたいってことなのね？」

「ああ、そのとおりだ。大番頭の多左衛門さんも、あんたの金だから好きなように使っていいと言ってた。だから、好きなように使わせてもらう。ただし、無駄な使い方はしない」

「まあ、なんでもいいけど。それで、これからどうなさるので？」

「五日後には、ここを引き払う。お松も一緒にだ」

「あたしもですか？」

「当たり前だろ。新内はまだつづけるからな」

「あたしも、浜町河岸のお屋敷に住むので？」

「そのことなんだがな……」

鉄五郎は、思案顔を見せた。萬店屋の、三千坪もある屋敷に住むかどうかを迷っていると、松千代に打ち明けた。

「へえ、もったいない……というより、鉄五郎さんらしい」

「そんな大豪邸から通う新内流しなんて、この世にいないだろう？」

「まあ、いないでしょうね。あたしだって、そんなのいや」

「そんなんでな、おれはその近くの町屋に住もうかと思う。屋敷から一番近いとすれば、浜町堀の向かいの高砂町《たかさごちょう》だな。そこに空いている、しもた屋があったはずだ」

「あたしも一緒に、そこに住むのですか？」

「当たり前だろ。もう、本当の意味で一蓮托生《いちれんたくしょう》だ」

「えっ？」

と声を出したきり、松千代は絶句となった。

「もう一つ大番頭に、おれは条件を出しておいた」

「なんて？」

「萬店屋の嫁は、おれが決めるって」

「……ということは？」

松千代の問いに、鉄五郎は答えることなく口にする。

「お松、三味線をもってきな。しばらく弾かねえと、腕が鈍っていけねえ」

そして、鉄五郎はさらに言う。

「二人で三味線を弾くには、長屋では狭いからな。それと、男と女が一つ屋根の下で、他人で暮らすわけにはいかないだろ」

松千代の頬に、ぽっと淡く紅がさした。

これで鉄五郎と松千代は、新内流しの相方というだけではなくなった。

「そろそろ、三味線が直ってくるころだな。いや、待てよ……」

――巨万の富が手に入ったのだ。いくらでも高価な三味線が手に入れられる。

「何も、一度壊れたものを使うことはないな。三味線は、新しいのを買うことにする。それも、この世の中にある一番上等な代物《しろもの》をな」

鉄五郎の話に、松千代の顔は何か言いたげである。

「どうしたお松、そんな脹《ふく》れた面《つら》して？　そうか、だったらおまえの三味線も一番いいやつに替えよう」

　松千代の気持ちを、鉄五郎は読み取れていない。

「ちょっと待って、鉄五郎さん。一番上等な三味線はいいけど、大師匠がせっかく直してくれてるってのに、その三味線はどうなさるの？」

「捨てちまえば、いいやな」

「捨てるって、よくそんなことが言えますわね」

「なんだ、お松は不服か？」

「ええ、不服ですとも。いや、不服どころか松五郎さんは、とんでもない見当違いをなさっているよう」

　松千代の立腹に、鉄五郎はどうしてだという表情で首を傾げている。

「それが分からないようでは、新内を語る資格はございませんね」

「お松は、どうしてそんなに怒ってるんだ？」

「これが、怒らずにいられませんでしょ。鉄五郎さんは、大師匠である徳次郎さんの心意気が分からないのですか？　それに、あの三味線はお子の命を救った大変な代物。千太郎ちゃんを引っ張りあげるとき、棹が抜けないよう三味線は鳴いて踏ん張ってましたよ。まるで『俺がこの子を助けるんだ』って、そうあたしには聞こえてました。でも、志乃さんを引き上げようとしたとき、力が尽きて……あの三味線には、そんな魂が宿っているのです」

知り合って初めて、松千代の説教を、鉄五郎は浴びた。

「…………」

二の句が告げず、鉄五郎は黙ったままである。

「どんなに高価な三味線でも、あの太棹には敵《かな》いはしない。それと、あたしもお金にあかして買った三味線なんて弾くのは真っ平ごめんです。この三味線が、今一番あたしの腕に合ってる」

松千代は言いながら、三味線の胴を労《いた》わるように撫でた。松千代の諫《いさ》めに、鉄五郎はガクリと頭を下げた。

「分かったよ、お松。相方が、本当におまえでよかった。危うくおれは、自分を見失うところだった。師匠徳次郎さんの心意気を、おれは忘れてた。それと、あの三味線は、千太郎の命の恩人だったな」

そして、鉄五郎は思った。このあと生活が一変するが、あの三味線をこれからも心の支えにしていこうと。

## 四

それから五日後、神田岩本町の仁兵衛長屋から、鉄五郎と松千代は居を移した。

浜町堀沿いの日本橋高砂町の、建屋三十坪ほどのしもた家に住むことになった。

川幅五間の橋を渡れば、そこが萬店屋本家である。大名家の下屋敷を髣髴《ほうふつ》とさせる豪壮な造りであった。

「何もこんなところでなくても、お屋敷に住んでいただければ……」

引越しが済んあとに、大番頭の多左衛門が訪ねてきて言った。

「お屋敷の中は、大番頭さんにお任せします。おれたちは、こういうところに住むのが性分に合ってますから。ここだって広いくらいだが、二人で三味線を弾いてたら周りに迷惑がかかるってので、一軒家にしたのです。このくらい、言うことを聞いてくださいな」

二人で住むには、もったいないくらいの広さと鉄五郎は思っている。鉄五郎の言い分に、多左衛門のほうが下りた。近くに住むのは、何か用事ができたときに、すぐに屋敷に行けるからだ。その連絡は、清吉が取ることになっている。

屋敷の中にいたって、することは何もなさそうだ。ただ、日がな一日ぶらぶらと過ごし、退屈な毎日を過ごすだけである。そして、夜な夜な外に出ては、新内流しで町をうろつくだけだ。

「考えただけでも、いやになる」

鉄五郎の吐き捨てに、まったくですと、松千代の同意があった。

「それと、あの屋敷には二度と戻りたくはなかった」

七歳で家を出されたときのことが、鉄五郎の脳裏をよぎった。母親と引き離されて、無理やり外に連れていかれた。そのとき振り返って見た門が、鉄五郎には歪んで見えていた。

「いやな思い出ばかりなんですね」

松千代が、しんみりとした口調で言った。

「まあ、いいやそんなことは。それより、そろそろ新内流しに出てみないか？」

「左様ですね。もう、三味線も直っているでしょうし、大師匠のところに行きませんか」

「そうだな」

鉄五郎と松千代が、新内流しを再開しようと思い立ったのは、高砂町に越してから三日後のことであった。

まずは、柳橋で神田川を渡った平右衛門町にいる徳次郎のところへと向かった。

「遅くなって、すまなかったな。直すのにけっこう手間取っちまった」

「こちらこそ、面倒臭い仕事で、すまなかったです」

修理の済んだ三味線を受け取り、鉄五郎はさっそく撥《ばち》を当てた。一の糸の、重厚な響きが腹に応える。

「ずいぶんと、いい音色になってる」

「そりゃそうだろ。俺が直したんだ……っていうより、この三味線が『どうか、元どおりにしてください』って、頼んできやがった」

「この三味線、口を利いたのですか？」

驚く声は、松千代であった。

「利きはしねえけど、俺がそのように感じただけだ。そうとあっちゃ、念入りに修理しねえといけねえからな、がっちりと臍《ほぞ》を組んでおいた。いい音色になったと思うぜ」

徳次郎が、誇らしげに言った。

「これなら今夜からでも、新内を流して聴かせられる」

「ああ。この音なら、どっからお呼びがかかっても恥ずかしくねえ。お松の三味線と合わせりゃ、江戸でも一、二を競う新内流しだ」

「やはり修理代は、取っておいてください」

言って鉄五郎は、懐から財布を取り出し五両の小判を抜き取った。

いらないと言ったが、当座の生活費と、清吉が十両の金をもたらせた。持って帰ると、大番頭の多左衛門に叱られるとの清吉の言葉に、鉄五郎は仕方なく受け取った。

「おめえ、貧乏人のくせして、ずいぶんと銭をもってやがるな」

驚きと怪訝さが混じる、徳次郎の口調であった。

「そしたら、前に牧野様からもらったっていう三両でいいぞ」

「あの金は、大川で救った母子にくれちまいました」

「へえ、いいことをしてやったな。だったら、その金はどうしたい？」

「ええ、ちょっと働いたもので……」

五両なんて大金、ちょっと働いただけでできる金ではない。その理由づけに、鉄五郎は困った。萬店屋の跡取りになったことは、誰にも伏せておくことにしている。ただ、徳次郎だけにはどうしようかと迷っていた。

「あたしが、こんなことをやりまして……」

助け舟を出したのは、松千代であった。賽壺《さいつぼ》を振る仕草に、徳次郎は得心する。

「そういえばお松は、以前壺振りだったな。昔の杵柄《きねづか》ってことか？」

「まあ、そういったことでして。一月《ひとつき》近くも仕事がないと、干上《ひあ》がってしまいますので、ちょいと賭場《とば》に顔を出しましたら、つきにつきまくり……」

松千代は、鉄五郎と知り合う前は、娘壺振り師として鉄火場《てっかば》に出入りしていた。十五のときに壺振りを覚え、娘だてらに賽子博奕《さいころばくち》には才覚があった。だが、そんな渡世に嫌気がさして、そのとき出合ったのが新内節の音色であった。もとより、指先が器用にできている。松千代の三味線の腕は、たちまち上達した。

「金輪際《こんりんざい》、博奕には手を出さないと誓っていたのですが……」

博奕で目が出たといえばよくあることで、不思議でもなんでもない。しかし――。

「だったら、この金は受け取れねえな」

松千代の言葉を遮り、徳次郎が頑《かたく》なに拒んだ。

「どうしてですか？」

「そんな、博奕でもって稼いだあぶく銭で直したとあっちゃ、この三味線が泣くってもんだ。真っ当なことで稼いだ金なら、俺も喜んで受け取るがな」

「ですが大師匠、お言葉を返すようですが、五両あれば大師匠だって……」

商いが細そうな徳次郎のためだと、松千代は気持ちを伝える。

「それが、余計なお世話ってのだ」

「でも……」

松千代がさらに言葉を返そうとするのを、鉄五郎が首を振りながら止めた。

「お松、もういい。師匠にだけは、知っておいてもらったほうがいいかもしれない」

「鉄五郎さん、黙っているのではなかったので？」

「いや、いい。いずれは分かってしまうことだ」

二人のやり取りを、徳次郎が首を傾げて見ている。

「おまえたち、俺に何か隠し事でもあるんか？」

徳次郎の問いに、鉄五郎は小さくうなずきを返した。

「実はですね、師匠……」

鉄五郎は、萬店屋の跡取りとなった経緯を語った。

「なんだと！」

徳次郎の驚きは、尋常でなかった。外の通りを歩く人が、何ごとかと中をのぞいていったくらいだ。

「鉄五郎が、萬店屋の御曹司だったとは、心の臓が飛び出るほど驚いたぜ」

しばらくして落ち着きを取り戻した徳次郎が、呟くように口にした。

「これは、師匠だけにしか……」

一応は、口止めをする。

「あたりめえだ、誰に話せるって。心配するな、俺は口が固いことで有名だ。それにしても、これからも新内をつづけるってことで、俺は見直したぜ」

「ええ。好きでなった金持ちではないですから。ですから、今までどおりのお付き合いを願いたいと」

「それは、俺のほうから言う台詞《せりふ》だ。だったら、この金はありがたく受け取っておく」

「それで、ほっとしました。それともう一つ、ついでと言ってはなんですが、話しておきたいことが」

「なんだ?」

「お松とこの際……」

二度、徳次郎の驚く顔《でえじ》があった。

「そんな大事なこと、ついでって言うことはあるめえ」

「どうもすみません」

徳次郎のたしなめに、謝《あやま》ったのは松千代であった。

新内を流す夕刻までには、まだ一刻ほどの間があった。

徳次郎から三味線を受け取ったあと、鉄五郎には行きたいところがあった。

「ちょっと様子を見に、千太郎のところに行かないか？」

「あれから、一度も会ってませんよね。あたしも、行ってみたいと思ってました」

松千代も異存はないと、日本橋横山町権六長屋に住む志乃と千太郎のところを訪ねることにした。

そこを訪れるのに、鉄五郎にはずっと母子のことで気になることがあったからだ。

歩きながらでの、鉄五郎と松千代の会話である。

「三味線を新調しなくて、よかったですね」

鉄五郎が肩紐で背負った太棹三味線に目をやりながら、松千代が言った。

「まったくだ。前よりも、いい音色になっている」

裸で持ち歩く三味線を体の前に据えると、一の糸をベベンと指で弾いて鉄五郎が応えた。

「ところで、志乃さん母子のことが気になると言ってましたけど、また変なことを仕出かすとでも？」

「いや、そういうことじゃねえ。実は、おれが萬店屋を継ぐと決めたのは、千太郎のことが頭の中をよぎったからだ」

「千太郎ちゃんが……？」

「ああ、そうだ。そしたら、無性にあの母子に何があったのか、事情を知りたくなってな。それこそ余計なお節介《せっかい》かもしれねえが、ちょっと口を出そうかと思ったんだ」

「でも、それと萬店屋はどういう関わりがあると？」

「お松、歩きながらじゃ、話しづれえ。ここは、おれの考えを聞かせてやる。どこかで、落ち着いて話をしねえか」

二人が今歩いているところは、両国広小路のど真ん中で一番賑やかなところだ。近在に、茶店などはいくらでもある。「ここでいいだろ」と、一軒の甘味茶屋に入った。

他人の耳が届かない、空いている場所を選び、二人は緋毛氈《ひもうせん》のかかった長床几《ながしょうぎ》に腰を下ろした。

「茶と団子二本。それと、十本ばかり土産《みやげ》に包んでくれ」

鉄五郎が、茶屋の娘に注文を出した。団子十本は、千太郎への土産だ。

「ところで、さっそくなんですけど、さっきの話のつづき……」

松千代が、話を戻す。

「どんな考えか、聞かせてもらえます？」

少し考える間をおいて、鉄五郎が語り出す。

「おれはな、ちょっと他人《ひと》のことでお節介になってやろうと思ってんだ。そのために、萬店屋の財を使わせてもらおうと考えた。そこで、あの親子に何があったのか、余計なことかもしれねえが、知りたくなった」

「知って、何をなさろうとするのです？」

「千太郎の味わった辛さを……」

鉄五郎の話が止まったのは、娘が茶と団子を運んできたからだ。

「おまちどおさまです」

茶と団子を置いて、娘が去っていくまで話を待った。

「あの母子は、他人には言えねえ辛酸《しんさん》を舐めているはずだ。それには必ず、母子をあそこまで突き落とした相手がいる。千太郎の味わった辛さを、その相手というのに味合わせてやろうと思ったんだ」

「そんなこと、鉄五郎さん……いや、おまえさんにできるのですか？」

松千代が、初めて鉄五郎をおまえさんと呼んだ。

「ああ、萬店屋の財を使えばな。そんなことを、これからおれはしたくなったんだ。まずは、手始めってところかな。おれも、子供のころにいやというほど虐《いじ》められたことがある。だが、志乃さんと千太郎が味わったのは、そんなもんじゃねえ。でもな、千太郎の気持ちがおれには痛いほど分かる。おそらく、父親は殺されたんだろう。意趣を晴らしてやりたいと思うが、どうだ悪いか？」

鉄五郎は、萬店屋の統帥になる意味を、語気強くして語った。

「ぜんぜん、悪くない。話を聞いて、あたしも一肌《ひとはだ》脱ぎたいと思ってる。でも、どんなことをするの？」

「そいつは、志乃さんに話を聞いてからだ。お松がいいと言ってくれたんで、おれは嬉しいぜ」

「だったらさっそく志乃さんのところに行って、話を聞きましょうよ」

松千代のほうが先に、腰を浮かせた。団子が包まれた折りを松千代がぶら下げ、鉄五郎は三味線を背負った。

# 五

鉄五郎と松千代が、権六長屋の木戸を潜《くぐ》ると同時に夕七ツを報せる鐘が、遠く聞こえてきた。

そろそろ夕餉《ゆうげ》の仕度にかかるころだと、長屋のかみさん連中が井戸端に四人ほどたむろしている。その中に、志乃の姿はなかった。

三味線を背負う鉄五郎に、四人の好奇な目が向いている。

「……芸人なのかねえ？」

そんな言葉が耳に入ると、鉄五郎の顔は声のするほうに向いた。

「新内を流してますんで、どうぞご贔屓《ひいき》に」

鉄五郎が芸人らしい媚びを、かみさん連中に向けた。

「新内なんて、粋だねえ。一つ、ここで聞かせてくれないかね」

「すまないけど、あたりが暗くならないと語る気になりませんで。ところで、ちょっと訊きたいんだけど、志乃さん母子は元気でやってますかね？」

「あんた方、お志乃さんの知り合いかい？　そういえば、どこかで見た顔だね」

「先だって引っ越しを手伝った者でして」

「ああそうだ、思い出したよ。でもねえ、あのお志乃さん母子……」

にわかに眉間に皺が寄ったかみさんの表情に、鉄五郎と松千代が不安げに顔を見合わせた。

「志乃さん母子に、何かあったのですか？」

不穏な思いが宿り、松千代が恐る恐る問うた。

「それが、三日ほど前にいなくなったのさ」

「なんですって？」

「どうしてだ？」

松千代と鉄五郎の問いが、同時に出た。

「いえ、あたしらに訊かれたって……」

分かるわけがないと、首を振る。

「とにかく、中の様子を見てこよう」

二人は、志乃たちが住んでいた腰高障子の前に立った。鉄五郎の手で、戸口が開けられる。

奥の障子戸からさす西日の明かりで、中の様子は一目で知れた。夜具などの、生活に必要な物は、そのまま残されている。だから、引っ越したとは思えない。夜逃げだとしても、何かは持ち出しているはずだ。誰かに、連れていかれたのかもしれないと思えるほどの、突然の失踪である。

狭い三和土《たたき》に立って、鉄五郎の思案顔であった。


井戸端に戻ると、四人いるかみさんの、誰に向けるともなく訊ねた。

「志乃さんに、このところ変わったことはなかったですかね？」

「別に、なかったと思うけど……」

一人が首を傾げて答えるところに、もう一人のかみさんが口を挟んできた。

「そういえばいなくなった日の昼ごろ、お志乃さんのところを訪ねてきた、女の人がいたのを見たね」

「志乃さんのところに……どんな女の人でした？」

松千代の問いに、大根の泥を洗い流しながらかみさんの一人が答える。

「このへんでは見かけないような、お武家の奥様って感じの人。年は、三十も半ばといったところかね。でも、ちょっとやつれた感じだった。翌日の朝にはもう、志乃さんと千太郎はいなくなってたね」

真っ白になった大根を、千切りにして四人みんなで分け合う。その夜はどこも、大根のおみおつけを夕飯に出すらしい。

——いなくなる前は、志乃さんもこうしておみおつけの具を分け合っていたのか。そんな仄《ほの》かな情景が、鉄五郎の脳裏に浮かぶ。

「志乃さん母子が出ていくところを、見た人はいませんので?」

「いいえ……」

鉄五郎の問いに、かみさん連中の首が一斉に傾いだ。出ていくところは誰も見ていないと口をそろえた。

武家の内儀が訪れてきたその日の夕方、志乃はいつものように井戸端で夕餉の仕度をしていた。

「そのとき、おかしな様子はなかったですか?」

「何も感じなかったねえ。もっとも普段から、挨拶以外はほとんど口を利かない人だったから」

近所付き合いは、希薄だったらしい。おみおつけの具を分け合うとは、鉄五郎の勝手な思い込みのようであった。

「朝早くにも、出ていったんだろうかねえ?」

その翌日の朝から、二人の姿を見かけなくなったとのことだ。

井戸端にいるかみさん連中から聞き出せたのは、これだけであった。

武家の奥様、そしてやつれた姿と聞いたところで、鉄五郎も松千代も思い当たる節があり互いの顔を見合わせた。だが、それと母子の失踪が関わりがあるかまでは、まだ想像がつくものではない。

「あのう、これをみなさんで召し上がってください」

夕餉の仕度の邪魔をしたと、松千代は千太郎の土産に持ってきた団子の包みを、かみさんの一人に差し出した。「おや、すまないねえ」と言って、包みを開けると団子が十本入っている。

「四人で分けるには、半端だねえ」

「もらっておいて、そんなこと言うんじゃないよ」

かみさん連中のやり取りを耳にしながら、鉄五郎と松千代はその場を立ち去ろうと踵《きびす》を返したそこに、

「ちょっと、待って」

と、かみさんの一人から呼び止められた。

「お団子をもらった礼と言っちゃなんだけど、もし何か分かったら報せてあげるよ。

あんたら、どこに住んでるのさ？」

「そいつは、ありがたい。浜町堀沿いの高松町ってところです」

「だったら、ここから近いね。どこのお店《たな》だい？」

横山町とは、五町も離れていない。

「長屋じゃなくて、小川橋《おがわばし》の袂《たもと》の一軒家に住んでます。閉まった大戸に『新内』って書いてあるから、すぐに分かります」

「分かったよ。あてにしないで、待っててておくれ。そうだ、お名は……？」

「おれは鉄五郎……」

「あたしは、松千代と言います」

名前を残して、鉄五郎と松千代は横山町の権六長屋をあとにした。そして、表通りに出たところで、鉄五郎が急に足を止めた。

「どうしたのさ、おまえさん？」

「ちょっと、変だと思わねえか、お松」

「どこがさ？」

「志乃さんと千太郎の居どころを知ってるのは、いくらもいねえぞ。おれとお松に……」

「稲荷神社の宮司《ぐうじ》さんとお富さんしか、知らないはずね」

「ちょっと、神社に行ってみるか？」

「そうしましょう」

宮司かお富のどちらかから、知り得たとしか思われないと、二人は高砂町とは反対方向に足を向けた。


夕刻となり、神社の境内は参拝客も少なく閑散としている。

御神籤《おみくじ》売り場も閉まり、お富は夕餉の仕度に取りかかっているものと取った。社務所の戸口を開け、松千代が中に声を飛ばした。

「ごめんください……」

宮司と、その娘であるお富の二人暮らしである。戸口先に出てきたのは、宮司であった。

「おお、二人そろって……あれ以来だな」

鉄五郎と松千代の、眉間が寄った不穏の表情に、にこやかだった宮司の表情がにわかに曇った
「いったい、どうした？　二人ともそんなおっかない面《つら》をして」

「今しがた、志乃さんのところに行ったんですが、忽然と姿を消してしまったらしいんで」

「なんだと！　千太郎も一緒にか？」

「ええ、母子二人で三日ほど前にと、長屋のかみさんらが言ってました」

「まあ、いいから上がりな。お富にも、話を聞いてみよう」

社務所の居間で、お富を交えての話となった。権六長屋で聞いてきたことを、鉄五郎が宮司とお富に向けて語った。

「志乃さんたちの居場所を、誰にも教えた覚えはないけど……」

ただお富の返しに、口ごもるものがあった。

「何かあったか、お富？」

宮司の問いに、お富が小さくうなずく。何か思い当たることのあるような仕草に、鉄五郎の体がいく分前にせり出した。

「志乃さんたちの失踪と関わりあるかどうか、ちょっと気になることがあって」

「どんな些細なことでもいいから、聞かせてくれないか」

鉄五郎が、体をせり出したまま、さらに一膝進めて問うた。

「このところ、お狐《きつね》祈願に来る人の中に、お武家の奥様らしい人が……」

「お武家の奥様だったら、いくらでもお参りに来てるだろうに」

「お父っつぁんは、口を挟まないで最後まで話を聞いてくださいな」

巫女が宮司をたしなめた。

「すまん、先を話しなさい」

「鉄五郎さん話の中で、お武家の奥様風でも身形のみすぼらしいってところが少し気になったのです。参拝の方でそのようなお方が……そんなにはたくさんいないけど、思い当たる女の方がいく人か見受けられました。志乃さんもそうでしたし、話を聞いてもしやと思って」

「もしかしたら、それかも分かりませんね」

松千代が、鉄五郎に話しかけるように言った。

「そうだな」

鉄五郎が、小さくうなずきを返した。

「それで、その人たちの様子って……」

お富の語りがつづいている。

「なんとなく変だと、話を聞いてみて気づきました」

「何が変だと？」

宮司が問う。

「着ている物はともかく、その女の人たちって必ず小さなお子を連れているか、お一人なんですよね。男の人とは、一緒でない。どこか表情も暗くて、何かを思い詰めたように、一心不乱でお狐さまに祈願しているって感じ」

「苦しいときの神頼みってことでしょうが、なんとなく、志乃さんと感じが似てませんか？」

「そうだな」

松千代の問いに、鉄五郎が小声で答えた。

志乃母子の失踪の裏にある深い闇を、のぞき込んでいるような、鉄五郎はそんな心持ちとなった。

「……けっこう、大変かもしれねえな」

気持ちが、呟きとなって口から漏れた。

「大変って……？」

問うたのは、お富であった。

「志乃さんと千太郎を見つけ出したいけど、一筋縄ではいかなそうだってこと」

「もしや志乃さん、また変な考えを起こしてるんじゃないでしょうね？」

お富の、不安げな表情であった。

「なんとも言えねえけど、そいつはねえと思うよ」

「どうして、そう思うの？」

「千太郎に、あんな辛い思いを二度とさせたくねえと思うのが母心だろうよ。それと、あんな馬鹿な真似はもう絶対にしないと、おれたちに約束しただろう。そいつを信じるより、仕方ねえだろ」

「そうよねえ」

鉄五郎の言葉に、同意を示したのは松千代であった。

「こいつは、本腰を入れてやってみるか。なあ、お松」

「そうね、おまえさん」

鉄五郎と松千代が、決意を新たにする。その二人のやり取りを、宮司と巫女の親子が顔を見合わせている。

「お松ちゃん、今おまえさんと言わなかった？　ねえお父っつぁん、そう聞こえたでしょ」

「ああ、確かに聞こえた。へえ、そういうことだったか。ならば、早いところ言ってくれればいいのになあ」

「まったく、水臭いよこの二人。だったら、ここで式を挙げればいいのにさ」

「ああ。念入りにお祓《はら》いしてあげるのにな。それと、貧乏人からは玉串料を取らないから、安心してここで式を挙げな」

「いや、それはまだ……」

鉄五郎が、両手を差し出し遠慮する。そんなに、大袈裟《おおげさ》にしたくないと思っているからだ。

話が、志乃母子とはまったく別のことに切り替わった。宮司と巫女からはこれ以上聞き出すことはないだろうと、鉄五郎は腰を浮かせた。

「へい。それはまたあとでということで。だったら、お松そろそろ行くとするか」

「そうだね」

鉄五郎と松千代は、そそくさとこの場を切り上げることにした。

外が、薄暗くなってきている。

「これから、新内を流しに行かなくてはなりませんので」

仕事を持ち出し、逃げ出す口実とした。

# 六

松千代の三味線を取りに、高砂町へと一度戻ることにした。

その、道筋での話である。志乃母子たちのことが気になり、歩みも遅い。

「なあ、お松。志乃さんたちがいなくなったってのは、三日前って言ってたよな」

「ええ。その前に訪ねてきたというお武家の奥様と、なんだか関わりがありそう」

手がかりとすれば、失踪する前に訪ねてきた女である。しかし、稲荷神社の宮司とお富の口から、志乃たちの居どころが漏れてはいない。

「要は、なんでその女が志乃さんの居どころを知ってたかだ」

「あたしが思うに、女の人が住処をなんで知ったかなんてのはどうでもいいこと」

「ほう、どうしてそう思う？」

「あの引越しのとき、神社で志乃さんを見て尾《つ》けていたとか。それと、志乃さんだって一日中閉じこもりってわけでもないでしょ。町中《まちなか》で見かけたとしても……」

「なんら、不思議ではないってことか」

「そう。それよりも大事なのは、訪ねてきた女の人と志乃さんたちの失踪がどう関わってるかってことじゃない」

「それについちゃ、神社を訪れたのは間違いではなかったな」

お富から聞いた、神社を訪れて祈願する、武家の内儀風の女たちのみすぼらしい身《み》形《なり》。志乃の身形と合致するのが大きな手がかりであった。

「そのような女が神社に来ないか、あしたは朝から境内を見張るとするか」

「手がかりは、それしかないわね」

松千代も、鉄五郎と考えが同じであった。

「それにしても、志乃さんたちどこにいるのかしら?」

「ああ、なんとも分からねえ。いってえ、どうしちまったんだ?」

「千太郎ちゃんが、心配」

「歩きながら思い病んでいたって仕方ねえ。急いで、帰ろう」

鉄五郎の促しで、歩みが格段と早くなった。夕暮れが迫り、暮《くれ》六ツを報せる鐘がそろそろ鳴り出そうかというころであった。

高砂町の住まいは、以前小間物を扱っていた店であった。

間口二間の大戸が閉まりきりとなって、母家《おもや》への出入りは、浜町堀沿いの道から路地を入り、五間ほど先にある木戸を使っている。

家財で金目の物は置いてないが、大事な三味線を盗まれてはいけないと、二人とも外出のときは外から錠をかけている。松千代が、懐から鍵を取り出し、錠を外した。高さ五尺、幅三尺しかない引き戸を開けて鉄五郎が入ろうと、腰を曲げたところであった。

「お帰りになられましたか？」

背後から声をかけられ、振り向くと萬店屋の手代、清吉が立っている。

「大番頭さんが、すぐにおいで願いたいとのことです」

「今帰ったばかりだ。それと、これからまた出かけようかと……」

「大事なご用でございます。何をさておき、お越しいただきたいとのことですが」

松千代の三味線を取りに来たのだが、どうやら今夜は新内を流せそうもない。

「用件は、なんなんだ？」

鉄五郎としては、新内流しより大事なものはない。不機嫌な気持ちをあらわにして、清吉に返した。

「来ていただければ、お分かりになります」

「お松も一緒に行ってよいのか？」

「できましたら、お一人で」

「だったら行かねえな。おれとお松は……」

夫婦となった今は、松千代は萬店屋の女将《おかみ》である。それを差し置くわけにはいかないというのが、鉄五郎の考えであった。

「いいから、お一人で行ってくださいな。もしかしたら、誰か訪ねてくるかもしれませんし」

松千代の、含みのある言い方は鉄五郎に通じた。万が一にもどこかからか、志乃母子に関しての、報せが入るかもしれない。

「そうだな。今夜は、仕事に出られないけど仕方ないな。だったら、留守番を頼むわ」

鉄五郎の三味線を受け取り、松千代だけが家の中へと入った。木戸の錠はかけず、鉄五郎は清吉のあとに従った。

高砂町に越してから、三千坪の敷地にまだ足を踏み入れてはいない。以前、善十郎に呼ばれて以来の我が家であった。

今来ても、迷うほどの広さである。現に子供のころ、鉄五郎は邸内で迷子になったことがある。

鉄五郎は着替えずに来たので、普段着である唐桟織《とうざんお》りの小袖である。新内を流すときは、それを千本縞《せんぼんじま》の紬《つむぎ》に着替え、着流し姿に角帯《かくおび》を締めて町に出る。呼ばれの席には、それに羽織袴《はかま》を身につける。

萬店屋の統帥としては、唐桟織りはみすぼらしい。だが、そんなことに鉄五郎は頓《とん》着《ちゃく》しない。それでも、着替えてくればよかったと後悔したのは、母家の大広間に通され、襖が開けられた瞬間であった。

百人ほどの、羽織袴の正装をした男衆《おとこし》が、整然として座っている。金屏風《きんびょうぶ》が背後に立つ上座の正面には、まだ誰も座っていない金色の座蒲団が据えられている。

「統帥がお越しになりました」

まずは、大番頭多左衛門の口上《こうじょう》があった。

大広間に入った鉄五郎に、一斉に旦那衆の顔が向いた。そして、一斉に頭が下がる。

三善屋全職種の、本店と支店の旦那衆が一堂に集まって、新統帥の披露目《ひろめ》の席であった。萬店屋では、店の主たちを旦那または旦那衆と呼んでいる。細かくいえば、本店は『大旦那』、支店は『旦那』といく分呼び方が異なる。

「これだったら、前もって報せておいてくれたらよかったのに」

鉄五郎の、小声でもっての苦言であった。

「前もってお報せしたとしても、統師のご性格でしたらそんな堅苦しいことやめてくれと必ずおっしゃるでしょうから」

多左衛門の語りを図星だと思えば、鉄五郎に返す言葉はなかった。

鉄五郎が、金座蒲団の上に胡坐《あぐら》をかいたと同時であった。旦那衆の全員が一斉に、鉄五郎に向け、畳に手をつき顔を伏せた。その壮観さは、将軍と大名の謁見《えっけん》の場と見紛うほどだ。

「このお方が、このたび三善屋全店の統師となられました、萬店屋の跡を継ぎます鉄五郎様でございます」

多左衛門が口上を放つと、旦那衆たちの頭が上がった。

「それでは、お一人ずつ自らの口でご紹介をお願いいたします。まずは、廻船問屋の大旦那作二郎《さくじろう》様からどうぞ」

旦那衆の自己紹介がはじまった。この場で全員の顔と名など憶えられるわけではない。一応は仕来《しきた》りみたいなものだと鉄五郎は、黙って聞くことにした。

「手前、廻船問屋三善屋本店を任されております、作二郎と申します。店は、本所《ほんじょ》尾上町《おのえちょう》にございます。どうぞ、よしなに」

「このたび三善屋の統帥となりました鉄五郎です。こちらこそ、どうぞよしなに」

簡単な言葉を添えて、頭を下げる挨拶である。だが、これをおよそ百人いる全員に返すとなると、うんざりしてくる。そんな思いが、鉄五郎の顔に表れている。

「いちいちお名を言わずとも、けっこうですから」

鉄五郎の、不機嫌そうな表情に気づいたか、多左衛門の助言があった。

「手前、廻船問屋三善屋深川《ふかがわ》店を任されます、光太郎《こうたろう》と申します。光太郎のこうは光と書き……」

「そこまでは、けっこうですから」

長い挨拶は、多左衛門によってたしなめられる。

廻船問屋だけでも、本支店合わせて十軒ある。廻船問屋が済むと、次は材木問屋の本、支店の旦那たちの挨拶となった。それも合わせて十人いる。二十人ほどが挨拶を済ますと、鉄五郎の頭の中では、先の廻船問屋の十人の名は忘却の彼方にあった。

さらに挨拶が進み、両替屋の番となった。

「はじめまして。手前、本両替商三善屋本店を任されます、四郎衛門《しろうえもん》と申します。萬店屋の財を預かっておりますので、ご用のときはぜひお声掛けください」

少し長い挨拶だったが、ここだけは憶えておこうと鉄五郎は頭の中に留めた。

「お店は、どちらに……？」

鉄五郎が、両替商の大旦那に向けて問いを発した。

「本店は日本橋駿河町《するがちょう》で、江戸市中に支店が六軒ほどございます。あとは、支店の旦那から銘々ご挨拶がございます」

挨拶が、隣の席に移る。

「手前は、芝新明町《しんめいちょう》支店を任されます……」

およそ百人の挨拶口上に、半刻ほどを費やされた。鉄五郎が、この場で名を憶えたのは両替商本店の四郎衛門と讀売屋《よみうりや》の大旦那甚八《じんぱち》だけであった。両替商はこれから世話になりそうだし、讀売屋は世情に明るいと踏んだからだ。今後、鉄五郎のやることに役に立つものと思える。


別の大広間に、宴席が設けられている。

鉄五郎と旦那衆の謁見が済むと、全員宴席へと移った。二百畳敷きの大広間に、まずは圧倒される。旦那衆全員が一堂に集まる正月と盆の、一年にたった二度の宴席だけで設けられた部屋である。この日は、統帥お披露目の特別な日として、開放された。三方が、狩野派《かのうは》の絵描きが直画《じかが》きした襖絵で囲われている。一方が松に鶴、一方が竹に雀、そしてもう一方が梅に鶯《うぐいす》が描かれ、それは一大絵巻の壮観な風景画であった。

――こんなところの主となるのか。

鉄五郎は、その壮大さに震える思いであった。

背面に金屏風が巡らされる上座に、鉄五郎の席があった。座蒲団に座ると、四列に並ぶ銘々膳を見渡せる。

鉄五郎の脇に、側近の多左衛門が並んで座る。番頭といえど、三善屋の旦那衆を差配する。実質、多左衛門がすべての店の陣頭指揮にあたる立場であった。

食膳は、さすがに豪勢である。三の膳までつき、それぞれの膳に、目の下一尺五寸の鯛《たい》の尾頭付きが載っている。

宴が進むうち、鉄五郎は次から次と旦那衆の酌を受けた。それぞれに失礼があってはならないと、鉄五郎は注がれた酒を全部呑み干し、そして返盃をする。お猪口《ちょこ》などでない、祝い用の朱塗りの盃である。いくら酒に強い鉄五郎でも、百人からの酌を受ければいささか酔いも回ってくる。

賑やかな宴が進み、鉄太郎は量にして、二升五合《にしょうごんごう》は呑んでいるだろう。中には、二度以上注ぎに来る者もいる。

「以前、廻船問屋の寄り合いの宴席で、一節《ひとふし》聴かせていただきましたよ」

廻船問屋の浅草花川戸支店の旦那が、鉄五郎に酌をしながら話しかけた。新内流しの鉄太郎を、知っているようだ。いろいろな宴席に呼ばれていれば、見知った者もいるだろう。

「新内流しなんて、知りませんね」

迂闊《うかつ》と思ったものの、鉄五郎は惚《とぼ》けた。酔ってもいるので、酌をする男をまったく思い出しもしない。憶えているのは、三回酌をしに来たということだけである。だが、どちら様と訊くのもはばかられる。齢《とし》は、鉄五郎より七、八歳上で、ここにいる旦那衆の中では若いほうであった。

相手は酔った口調である。端《はな》のうちは、鉄五郎もニコニコと機嫌よく話を聞いていた。

「いや、あんた……いや、統帥様に間違いない。それにしても、新内流しが萬店屋の跡を継いで、三善屋全店の統領となったのには驚きましたなあ」

と、相手は引かない。

「先々代が、手前の親父でありまして……」

相手にするのが面倒臭いと、鉄五郎は簡単に素性を言った。

「ただそれだけでもって、こんなにでかい身代が手に入り、莫大な財産が転がり込んでくる。なんともまあ、羨ましいものでございます」

相手は酔っているとはいえ、あまり耳障りのよい言葉でないと、鉄五郎の眉間に一本の縦皺が寄った。

「何が言いたいので？」

「呑気《のんき》に三味線を弾くだけで、何もご苦労なされず、なんともまあいいご身分でありますこと。世の中、楽しくてなりませんでしょうな。そんな、お気楽な身形でいられるのも、羨ましい限りだ。まあ、働かなくてもどんどんお金が入るんでしょうから」

絡《から》み口調である。もう一言あったら、鉄五郎は爆発し相手の鼻をへし折っていただろう。それを止めたのは、鉄五郎は相手の顔を思い出したからだ。「……浅草花川戸の廻船問屋」と呟くと同時に、鉄五郎は酔いも吹っ飛び、鮮明に思い出した。

相手の面影が、ぼんやりと鉄五郎の記憶に触れた。それは、七から十歳までの辛い奉公の中にあった。

「あんた、もしや……？」

「統帥は、手前のことをご存じなんで？」

「ええ。はっきりと、今思い出しましたよ」

言った鉄五郎の顔は、しかめっ面である。相手に対して、あまりよい覚えではない。当時は三善屋とは別の店であったが、今は萬店屋の傘下となっているらしい。そうでなければ、ここにはいないはずだ。

「あなたさんは、憶えてないと思いますがね。ずいぶんと虐められましたよ、お坊ちゃんには」

今、鉄五郎の目の前にいる男は、七歳のときに奉公に出された廻船問屋の御曹司であった。鉄五郎ははっきりと思い出したが、相手のほうは首を傾げている。

「まあ、昔のことなどどうでもいいですがね。思い出さなければ、それでけっこうです」

世間とはこんなもんだろうと、鉄五郎は改めて身に滲《し》みて感じていた。虐めたほうは何も痛みを感じないから、思い出すこともない。逆に、凄惨な仕打ちを受けたほうは、ずっと心の中に焼きつけている。その怨念を、いつまでも引きずりつづけるかどうかは、人それぞれによって違ってくる。一生懸けて仕返しをと考える者もいれば、まったく逆に、それが糧《かて》となったと感謝する者もいる。鉄五郎は、後者の考え方の持ち主であった。

今になっては、取るに足りない相手だと、鉄五郎はその者の名を頭の中から払拭《ふっしょく》した。

「すいません。次の方が来ておりますので、下がってもらえますか」

もう相手にすることもなかろうと、鉄五郎の視線はうしろで酌の順番を待つ讀売屋の主甚八に向いた。

だが、花川戸支店の旦那は動かない。そして「あっ！」と、驚く声を発したかと同時に、畳に手をつき額《ひたい》を擦りつけた。拝礼ではなく、鉄五郎はそれを土下座と取った。

「みなさん見ておられますから、頭を上げてくださいな。それに、手前は何も思ってはおりませんから。これからも、三善屋のためにご尽力ください」

晴れ晴れとする気持ちで、鉄五郎は言った。

「それでは……」

声に力なく立ち上がると、よろけた足で、花川戸支店の旦那は自分の席へと戻っていった。

## 七

讀売屋には、鉄五郎も興《きょう》が注がれている。

世の中の実状を世間に報せる讀売屋は、今後の生き方に大いに役立つものと、鉄五郎は考えていた。

なぜに父親の善十郎は、讀売屋などという毛色の変わった職種に手を出したのか、鉄五郎はこれまでずっと考えをめぐらせていた。そして、この日その答をようやく見い出したのである。それは、百以上もの店の旦那衆が一堂に会した席を、目《ま》の当たりにしたときであった。それぞれの店同士が、鎖のようにつながっている。それを結び付けているのが、有益な伝達網である。

「……親父は、それに目をつけたのか」

逸早《いちはや》く世事や物事の動きを知るには、讀売の伝達力が不可欠となってくる。それを商売に反映させた善十郎の凄さを、鉄五郎は改めて思い知った。

「これからの時代、幅広い伝達網がものを言いますからなあ。世情に疎《うと》い店は、取り残されます」

瓦のような四角張った顔を機嫌よさそうに緩ませながら、讀売屋の大旦那である甚八が、鉄五郎の盃に酌をした。四十歳前後の、商人には見えない剛健さが顔と体から滲み出ている。芯の通った男だと、鉄五郎は第一感で見て取った。

「これから大いに世話になると思いますので、よろしくお願いいたします」

盃を返しながら、鉄五郎の丁重な返事となった。

「そんな、堅苦しい挨拶はよしてくだせい。おい頼むぜと、一言あれば手前らはどんなことでもしやすから、遠慮なくいつでも命じてくださいな」

商人らしからぬ砕《くだ》けたもの言いに、鉄五郎は親近感を覚えた。

――この男なら、頼りがいがある。

「ならば、さっそく甚八さんに頼みがあるんですが」

鉄五郎は首を前に傾け、小声で言った。

「頼みとは、どんなことなんで……？」

「ちょっと、人を捜してもらいたいんで」

「人をですかい？　これはいきなり、手強《てごわ》い頼みですな。話を聞く前に、嫌ですとは断りきれんです。だが、今夜はお互い酔っぱらってますから、夜が明けたら詳しくお聞きしましょう」

鉄五郎にしても、そのほうが都合がよい。いくら酒が強いといっても、この先まともな話はできそうもないと、自分の酔いを自覚している。

宴会は夜四ツの鐘が鳴りはじめたのを機に、お開きとなった。

建坪一千坪ある母家であれば、旦那衆が泊まれる部屋はいくらでも取れる。その夜は萬店屋の本家で、全員が泊まりとなった。宴席で呑みつづける者、部屋に入って寝に入る者、それぞれの一夜を過ごす。

鉄五郎は、浜町堀向こうの我が家に帰ることにしている。

「大番頭さん、おれはこれで帰るよ」

多左衛門の耳元で、鉄五郎が小声でもって言った。

「左様ですか。でしたら、清吉をお供につけますので」

「いや、いいですよ。すぐ、そこですから」

鉄五郎が、拒んだところであった。

「ちょっと……よろしいですかい？」

割って入ってきたのは、廻船問屋花川戸支店の旦那であった。ふらふらに、酔っている。呂律《ろれつ》も回らず、視点も定まっていない。

「一郎太《いちろうた》さん、どうされました？」

問うたのは、多左衛門であった。どうでもいいと忘れていた一郎太という名を、鉄五郎は思い出した。

「統帥には、いろいろと……ご迷惑を……これからは……」

途切れ途切れの言葉は聞き取りづらいが、一郎太が謝っていることは鉄五郎にも通じている。

「もう、いいですから。お互い、忘れましょうよ」

鉄太郎と一郎太の関わりは、多左衛門も分かってはいない。

「お二人の間に、何かありましたので？」

「いや、なんでもないです」

「なんでもなくはないでしょ。今となっては手前は、穴があったら入りたい。それと、これからは……これからは……統師のために手前は……」

一郎太の言葉は、これが限度であった。言い終らぬうちに、その場に崩れ落ちると大鼾《おおいびき》を掻きはじめた。

「どうかしたんですかね、一郎太さんは？」

「いや。以前おれの新内を聴いたことがあって、そのときつまらないと文句言ってたのを、今になって謝ってきてるんですよ」

本当のことを、鉄五郎は濁して言った。

翌日の朝――。

頭が痛いと、鉄五郎は床から起きられずにいる。どこをどう帰ったのか、分かっていない。目が醒めたら松千代がいたので、自分の家であることは知れた。

「大分お酔いになって。床に寝かしつけるのが、容易でなかったですわ」

「そいつは、すまなかったな。おれの披露目の席だったんで、百人からの旦那衆から酒を注がれ……」

「ええ。清吉さんから、話はみんな聞いてます。すごい盛り上がりだったんですってね」

「いや、おれはよく分からねえ。人とずっと話し込んでいたんでな」

いろいろな旦那衆と話をしたが、その内容はほとんど忘れている。それでも、一つだけ憶えていることがあった。

「そうだ、起きなくては」

上半身を持ち上げると、頭が割れるように痛む。二日酔いの、典型であった。それでも、讀売屋の甚八と話をすることになっている。そのためには、辛くても起きて萬店屋の本家に行かなくてはならない。

「いや、ちょっと待てよ」

本家に行けば、まだ多くの旦那衆たちが残っている。挨拶だ何やらで、面倒臭いことになる。

「お松。すまんけど……」

　自分が行けなければ、讀売屋甚八を呼んでくるほかない。萬店屋本家に、松千代を使いに出すことにした。

　その前に、松千代には事情を知っておいてもらいたい。

「志乃さんたちの探索を、讀売屋の大旦那である甚八さんにも手伝ってもらおうかと思ってるんだ。讀売屋ってのは、世事に明るくて詳しい。それに、その伝達網は半端なく広くて、伝わりが速いからな」

「よいところに、お目をつけたもので」

「讀売屋を作ったのは、親父の先見《せんけん》の明《めい》だとおれは思っている。それを駆使して、こんなにも、どでかい身代を築いたのだろう」

「もっともな、話ですわね。流石《さすが》とか、言いようがありません」

「そんなんで、讀売屋の甚八さんに、仲間になってもらおうかと思ってる」

「心強い味方になってくれそうですね」

　萬店屋統帥と、その傘下である讀売屋の大旦那という関わりとは異なる、別次元での関係をもちたいと鉄五郎は思っていた。

不思議そうに、讀売屋の甚八が部屋の中を見回している。

「統帥が、こんなところに住んでいるとは」

「あとで、詳しく事情《わけ》を話しますが、その前に、茶を一服どうぞ」

「ありがたく……」

「酔いは、醒めましたかな。手前は、起きたら頭が痛くて痛くて」

「そりゃそうでしょう。旦那衆全員の盃を受ければ、誰だって酔っぱらっちまう。それでも崩れず、滅法酒の強いお方だと思ってましたよ。手前は、さほど呑んでませんから、一晩も寝れば醒めてます」

松千代が淹《い》れた茶を、うまそうに飲みながら甚八は口にした。

「ところで、なんで手前なんぞをここに？」

一晩経って、甚八は用件を忘れているようだ。

「そうです。旦那様も忙しいでしょうから、端的に話をしますと……」

「仕事のほうは、若いのが動いてますからお心遣いなく。手前なら、午前のうちは体を空けてありますから」

「だったら、ゆっくりと話ができますね」

「そいつはかまわねえですが、その言葉遣いなんとかなりませんかね。百以上もの大店を束ねる統師が、手下の者と語る口調じゃありませんぜ」

「統師といったって、お飾りですから。そんなに偉いもんじゃありませんよ」

甚八の気遣いに、鉄五郎は安心感を抱いている。

「まあ、ざっくばらんにいきましょうや」

鬼瓦《おにがわら》を髣髴《ほうふつ》とさせる顔を、にこやかに崩しながら甚八が言った。

「ところで、統師の顔はどっかで見たような……そう、松千代さんもだ。どこで、会いましたかな？」

「もう、統師はよしてくれませんか。鉄五郎と、名で呼んでください」

以前、父親善十郎の喜寿の祝いの席で、新内を披露した。鉄五郎は、その答をはぐらかせて言った。

「ならば、鉄さんとでも……」

「ずいぶんと砕けましたが、それでよろしいでしょう。だったら、おれは甚さんとでも、よろしいですか？」

「おれときましたら、手前はあっしでということで。讀売屋ってのは因果な商売で、いつも若い衆《し》を怒鳴りつけてまして、いつの間にか口調が荒くなってしまい失礼があると思いますが」

「いや、おれだって堅苦しいのは大嫌いですよ。こちらのほうも、遥かに齢が下で生意気を言います」

「だったら、もう五分でいいんじゃねえですかい？」

「齢の離れた、義兄弟ってのもいいですね」

立場の違いと齢の違いを、五分でもって割ろうということになった。

「義兄弟って……そうだ、鉄さんは昔はこれで鳴らしたんではないですかい？」

甚八が自分の二の腕を、片方の手でパンパンと叩いて、腕っ節の強さを表現している。

「よくご存じで」

「こんな商売をしてますと、他人《ひと》がどんなことをしてたかくらい分かってくるもんで。相当、やんちゃをしてたように見えますが。だが、今は違う。思い出しましたぜ、床の間に置いてある三味線を見まして。まさか、新内流しが……」

「そうなんだよ、甚さん。まさしくおれとお松は、新内流しの大夫《たゆう》と相方三味線なんだ。甚さんが俺たちを見たことがあるってのは、親父の喜寿の祝いの席だったと思う」

鉄五郎が、素性を明かした。

「そうでしたかい。そいつは、おみそれいたしました」

　その後鉄太郎は、四半刻ほどをかけて、萬店屋の統帥となった経緯を語った。

「そんな事情があったのですかい」

　驚き口調であったが、それ以上甚八は問い立ててはこない。本来なら誰しもが、羨望と嫉妬の入り混じった表情となるのだろうが、甚八に関しては、まったくそれが見受けられなかった。

「萬店屋の統帥となったが、おれとお松は新内を止めるつもりはまったくないし、そのことは多左衛門さんの了解も取っている。なので店の統括は多左衛門さんたちに任せ、おれは別のことをやろうと思っている」

「別のことって、なんだい？」

　二人だけのときは、ざっくばらんに砕けた言葉でいこうということになった。

「それは、これから話すけど。その前に、おれが萬店屋の統帥であることは内緒にしておいてもらえませんかね」

「そいつは無理じゃないですかね、あれだけの披露目をしちゃ。それに、鉄さんの新内を知ってる旦那もいるだろうし」

　甚八の言葉に、鉄五郎は花川戸の一郎太を思い出した。以前、新内節を聴いたと言っていた。

「だったら、なるべくってことで」

「心がけておきましょう。それで鉄さんは、これから何をやりたいので？　そうだ、昨夜何か、あっしに頼みたいようなことを言ってたね」

「ちょっと、人を捜してるんだが」

「そういえば、そんなことを言ってたな。思い出したぜ。それで、どんな経緯《いきさつ》があるんで？」

「かれこれ、一月《ひとつき》ほど前のことなんだが……」

鉄五郎が、遠くを見るような目をして語り出した。

「あたしも聞いていてよろしいでしょうか？」

そこに、松千代が顔を出し、言葉を挟んだ。男同士のやり取りを邪魔をしないようにと、松千代は隣の部屋で控えていた。話が本題となったので、部屋へと入ってきた。

「もちろんだ」

三人が三角になって座り、鼎談《ていだん》の形となった。

# 第三章　新内恨み節

## 一

春先の宵《よい》、浜町は隅田川であった母子《おやこ》の入水《じゆすい》から鉄五郎の語りがはじまった。

「あのとき、おれとお松は新内三味線《しんないじゃみせん》を弾きながら……」

とくに、母子を助けた場面は念入りに、新内節を聴かせるように語った。

「そいつは、お手柄でしたね。こんないい話、さっそく讀売に載せなきゃ」

「それは、ちょっと待ってくれないか。まあ、話は最後まで聞いてくれ」

鉄五郎の語りは、稲荷《いなり》神社で母子を保護した段へと入った。

「母親の名は志乃。お子の名は、千太郎といって、どうやらお武家の妻女とその嫡男だと思える」

「思えるって、素性は聞いてないので？」

「まったく、喋ってはくれませんで」

答えたのは、松千代であった。

「もっとも、聞いたとしても、こっちはなんの役にも立たないと思ってたから。無理に聞くこともないと。だが、事情がちょっと違ってきた」

「どう違ってきたと……？」

興が湧くか、だんだんと甚八の体が前のめりになってくる。

「その母子が、四日ほど前に忽然と姿を消して……」

「いなくなったので？」

「ええ。横山町の権六長屋に住んでたんだが、どんな様子か確かめようと、きのう訪れたところ……」

志乃と千太郎の失踪の経緯を、鉄五郎は詳しく語った。だが、語り終えても甚八からの返しがない。うーんと唸ったまま、腕を組んで考えている。

「どうかしたので？」

「ちょっと、思い出したことがあって……」

「どんなことで？」

今度は、鉄五郎の体が前のめりとなった。

「いや、はっきりとは憶えてないんで……だったら、ちょっと一緒に来てもらえませんかね」

「どちらへ？」

「あっしのところへ」

「分かった。それじゃ、すぐ用意しますんで」

「あたしも一緒に行きましょうか？」

「いや、二人で行くことはねえだろ。とりあえず、おれ一人で行ってくる。誰が来るか分からねえから、お松は家にいてくれ」

権六長屋のかみさんに、何かあったら知らせてくれと頼んである。今のところ報せはないが、なるべくなら一人は留守番をしていたほうがよいと。

「分かりました」

鉄五郎は、寝巻きに着替えずそのまま寝てしまったので、すぐに出かけられる。立ち上がると裾の皺《しわ》を叩いて伸ばし、出かける仕度はすぐに調《ととの》った。

甚八が仕切る讀売屋は、牢《ろう》屋敷から一町ほど南の、大伝馬町《おおてんまちよう》二丁目にある。

店の構えはさほど大きくはない。店先に掲げられた看板と、腰高障子には『讀売三善屋』と書かれてある。

戸口の障子戸を開けると、墨の臭いが充満して鼻を突く。三十畳ほどの広く取られた板間には、十人ほどの摺り師が一心不乱に記事を刷り上げている。戸口を開けて入った甚八に、誰も目を向けようとはしない。

「早くしねえと、間に合わねえぞ！」

怒号も飛び交っている。

「怒鳴ってるのは摺り師の親方で、讀売の仕上げをしているところです。夕方に配るもので、今が一番忙しいところですな」

すでに、摺られた紙が重ねられて山のようになっている。一日で、一万枚が江戸中に撒かれるという。

間仕切りの引き戸があって、その向こう側が版木を作る部屋で、彫師が働くところである。

「今は邪魔はできませんので、鉄さんの紹介はあとでということで」

甚八は、奥の部屋へと鉄五郎を案内した。二十畳ほどの部屋でも、十人ほどが働いている。それぞれに文机が与えられ、書き物に余念がない。

「ここは、記事をまとめ清書をする部屋でしてな、襖の向こう側が手前の部屋で」

読売ができる行程を、鉄五郎は初めて目にしている。

「どうぞ、こちらへ……」

甚八は、建屋の一番奥にある部屋の襖を開けた。

「お帰りなさいまし」

五人ほどいる奉公人が、甚八の顔を見て一斉に声を発した。その中に、松千代と同じ年ごろの娘が二人ほど交じっている。

「ここは、江戸中の出来事を集め記事にするところでしてな、普段は十五人ほどがいてごった返している。今は、記事を求めに十人ほど出払っているところですわ」

甚八が、鉄五郎に説いているところに、三十も半ばの男が一人近づいてきた。

「お帰りなさいませ。どんなお方でした、萬店屋の新しい統帥は？」

「ああ、けっこういいお方だ。若いけど、なかなかの人物だぞ」

すぐには明かさない甚八に、鉄五郎はくすぐったくなる思いであった。

「ほう。それはようございましたな。ところで、このお方は？」

初めて男の顔が、鉄五郎に向いた。しわしわの唐桟織りの小袖に身を包んだ鉄五郎を、蔑《さげす》むような眼差しで見ている。

「その前に、この者が手前どもの番頭でしてな。讀売発行の、全工程の仕切りを任せている者です。番頭さんの口から、名を語りなさい」

「へい」

　このときの鉄五郎の風貌は、そこいらにいる遊び人風情と同じである。それと、甚八とは二十歳も齢が離れていそうだ。そんなところが、不思議に思えたのだろう。旦那である甚八の口調に、番頭の首が訝《いぶか》しそうに傾いている。

「手前は、吉蔵《きちぞう》といいます」

「鉄五郎です、よろしく」

「おれと鉄さんは、兄弟分でな。これからもよろしく頼むぜ」

急に甚八の口調が崩れた。目には、不敵な笑いが浮かんでいる。

「兄弟分て、いったいどういうことです。見た目は親子ほど齢が違って見えますが」

「本当は、おれの親分に当たるお人だけど、兄弟分にしてもらっている」

「いったいどういう意味で……？　大旦那の言ってることは、さっぱり分かりませんけど」

「それじゃ、種を明かすとするか。今しがた吉蔵が訊いただろ、新しい萬店屋の統帥はどんな方だと」

「へえ……」

「今、目の前にいるお方だよ」

「なんですって？」

吉蔵の、仰天する顔が鉄五郎に向いた。背丈は鉄五郎の目のほどしかないので、少し上を向く格好だ。

「手前が、このたび萬店屋の統帥……こんな堅苦しい挨拶は抜きにしましょう」

鉄五郎が、下向き加減で言った。

「まあ、こんなざっくばらんなお方だ。それで、吉蔵も交えてちょっと話があるんだが、今いいかな？」

「それはもう……いや、とんだ失礼をいたしました」

吉蔵が、鉄五郎に向けて深く頭を下げた。

「どうぞ、頭を上げてくださいな。さっさと言わない甚さんも人が悪い」

「ちょっと、番頭さんを驚かせてやろうと思いましてな」

甚八の、遊び心に鉄五郎は苦笑った。

隣が、十畳ほどの部屋となっている。

鉄五郎の、見たこともない部屋の造りであった。床は畳でも板敷きでもなく、臙脂《えんじ》色の毛氈《もうせん》の敷物が敷きつめられている。そこに四脚で支えられた大きな卓が載り、周りには、八脚の腰掛けが据えられている。

「西洋の部屋を真似しましてな、長崎《ながさき》から取り寄せたものです。英吉利の言葉で卓はテブル、腰掛はチエアというそうですな」

甚八の説明に、さすが世の中を先取りしていると、鉄五郎は思った。

壁に目を向けると、世界の地図と思《おぼ》しき大きな絵図が飾ってある。

「この部屋は客間と、話し合いをするのに使われてましてな……」

甚八の言葉が止まったのは、そこに小袖の上に白の割烹着《かっぽうぎ》を纏《まと》った娘が入ってきたからだ。二人いた娘のうちの、一人であった。

「お茶をお持ちしました」

娘が盆に載せて持ってきたのは、鉄五郎がよく見る湯呑《ゆのみ》ではない。取っ手がついていて、底のほうが細くなった形である。

「西洋ではテーカプというそうで。茶飲みの器でありますな」

これには、吉蔵が答えた。

テーカプの脇に、銀色に光った小さな杓文字《しゃもじ》みたいなのが置いてある。それに、白く四角い賽子《さいころ》状の物が二個載っている。

「なんですか、これは？」

「はい。スプンという物で、載っている四角い物は角砂糖という物でございます」

すべては、生まれて初めて見るものだ。女の答に、いかに世の中を知らないでいたかと、鉄五郎は心の中で、自分を恥じた。

——お松も連れてくればよかった。

と、後悔もする。

テーカプでの茶飲みの所作は、甚八と吉蔵がすることを真似た。テーカプに角砂糖を落とし、スプンでかき混ぜる。そして、香りを嗅ぐ。

「これは、ジヤスミンの香りがしますな」

一口飲んで、吉蔵が口にした。鉄五郎は、生まれて初めて紅茶という物を飲んだ。砂糖を全部溶かし、ずいぶんと甘い飲み物だと、紅茶の初印象であった。

「そろそろ、本題に入ろうか」

甚八が、話の先を促した。

二

大きな卓を挟み鉄五郎の向かい側で、甚八が吉蔵に話しかけている。

「番頭さん、二か月ほど前にこんな話を聞いたことはあるかい？」

「はて、どんなことでしょう？」

いきなりの切り出しで、吉蔵が戸惑っている。

「廻船問屋の三善屋花川戸支店の、船人足たちが話してたことだ」

「もしや、向島《むこうじま》の諏訪明神《すわみょうじん》近くの大川に身投げしたって侍の話ですかい？」

「ああ、それだ。侍といっても、職を失った浪人だったな、あれはたしか」

「ええ。なんとなく、憶えてます。ですが、なんで今ごろになってそれを……？」

「いや、ちょっとな。事情《わけ》はあとで話すとして、そんな記事を讀売に載せなかったっけ？」

旦那の問いに、鉄五郎の背後の壁に貼ってある世界図に目を向けて、番頭が考えている。

――すぐに思い出せないのは、たいした記事でもなかったのだろう。

と、鉄五郎は思っている。やがて、吉蔵の顔が前に向いた。

「ちょっと、待っててもらえますか？」

吉蔵が、向かいに座る鉄五郎に向けて言った。

「ええ」

鉄五郎の返事を聞いて、吉蔵は立ち上がった。そして、西洋風の部屋から出ていく。

「二か月前に、何かあったのですか？」

「いや。さっき鉄さんから話を聞いて、もしやと思いましてな」

大川への身投げということで、たしかに話は似ている。だが、志乃たちとその話が結びつくとは、今の鉄五郎では予想だにもしなかった。

「ずいぶんと、待たせやがるな」

なかなか吉蔵が戻ってこず、甚八がいらつく口調で言った。

「まあ、待ちましょうや」

鉄五郎が、甚八の焦りを和《な》ませた。

「そうですな。ところで、花川戸の旦那とは何かあったのですかい？」

花川戸の旦那といえば、一郎太のことである。

「なぜに、そんなことを？」

「なんだか、ずいぶんと鉄さんに絡《から》んでいたみてえだが」

「ええ。ちょっと……おれのほうは気にしちゃいないですがね」

「そう言われると、あっしのほうが気になってくる。廻船問屋の川戸屋といやあ、昔はそれなりの店だった」

廻船問屋三善屋花川戸支店は、以前は『川戸屋』という名で、業界でも大手の部類の廻船問屋であった。とくに、江戸から武州川越《ぶしゅうかわごえ》に運ぶ荷物を一手に担っていて、それは羽振りがよかった。俗に『川越夜船』という人の運搬も、川戸屋の斡旋によるものであった。

鉄五郎は、七歳から十歳まで、その川戸屋に奉公をしていたのである。その間、長男の一郎太は鉄五郎を虐《いじ》めに虐めた。自分で手を下すだけでなく、手代や小僧たちを丸め込んでの壮絶な虐待であった。

鉄五郎は、そのおかげで強くなれたのだと、今では恨むどころか感謝すらしている。その一郎太のことに甚八の話が触れているが、鉄五郎が昔のことを語ることはない。

「だが、跡取りの一郎太が、これが遊び人に育ちましてな、吉原に入り浸りだ。先代の体が弱いってのに」

鉄五郎にとって、興を引く甚八の語りであった。チエアの座りを直して、鉄五郎は聞き入る。

「八年ほど前に先代を亡くした川戸屋は、一郎太が跡を継ぐとすぐに身代が傾きをもった。それを救ったのが、萬店屋の先々代でしてな。一郎太を追い出すわけでなく、旦那に据えて。ただし、川戸屋の屋号はなくなり、三善屋の花川戸支店としての再出発となったわけです」

「それで、一郎太さんは、今はどうなので？」

「どうなのでってのは？」

「まだ、遊び癖がついてるかどうかってことだけど……」

「昔ほどじゃないと思いますがね。素行についちゃ、廻船問屋本店の大旦那が目を光らせているから」

「少しは落ち着いたってことですか」

「ええ。そうだと、思いますがね」

このとき鉄五郎は思っていた。酔っていたとはいえ、両手をついて謝ったのだ。仕事さえしくじらなければ、もうそれでよしと。

吉蔵が、二十代半ばの若い衆《し》を連れて戻ってきた。手に一枚の紙が丸めて握られている。

「この浩太《こうた》が、これを書きましてな……」

若い衆の名は浩太と言った。鉄五郎より一つ下の、二十四歳になる記事取り専門の男であった。

手にした紙を、吉蔵はテブルの上で広げた。

それは二月《ふたつき》近く前の、文政十三年一月十六日に発行した讀売の記事である。紙面の片隅に、五行ばかりで載せられている。ほかの記事と比べ、小さな扱いであった。

『向島諏訪明神近くの大川端に浮かぶ土左衛門《どざえもん》　齢は三十代で身形からして浪人風情身元は不明であるが……』

そのあとにつづく文面を読んで、鉄五郎は飛び上がる思いとなった。

『懐に一通の書付けがあり　水に浸かり判読しづらいが　千太郎丈夫に育てよ　と記されてある　傷はなく北町奉行所は世をはかなんでの自害と断定』

鉄五郎は、同じ個所を二度黙読して、吉蔵の隣に座る浩太に顔を向けた。

「これを書いたのは、あんたさんで？」

「ああ、そうだよ。おめえさん、いったい誰だい？」

この忙しいのに呼ばれてと、浩太の不機嫌そうなもの言いと表情であった。

「おい、浩太。おめえ、言葉遣いに気をつけろよ」

たしなめたのは、上司の吉蔵であった。

「まあ、いいですから。それで、浩太さんがこれを書いたのですか？」

鉄五郎が、同じ問いを発した。

「ええ、そうですが」

まだ面相は不機嫌そうだが、言葉はいく分改まっている。浩太にしてみれば、もう遠く過ぎ去った話なのであろう。

「実はな、浩太さん。ここに、千太郎って書いてあるだろ」

記事の一部分に、鉄五郎は指先をあてた。

「ええ……」

浩太と吉蔵が、頭を寄せて紙面を見やっている。そのとき大旦那の甚八は、驚く目を鉄五郎に向けていた。

「これって……？」

「おそらく……」

甚八が漏らす言葉に、鉄五郎が小さくうなずいて応じた。

「大旦那は、何かご存じで？」

「存じているのは、鉄さんのほうだ」

吉蔵の問いに、甚八が答えた。そのやり取りを聞いた浩太が「――この男、何者だ?」と、不思議そうに長い顔を傾けている。

「おい、浩太……」

「へい」

大旦那の甚八が、直々《じきじき》に浩太に声をかけた。番頭を差し置いて、普段は滅多にないことである。

「このお方は鉄五郎さんといってな、今は……」

「甚さん、ちょっと」

素性は明かすなと、鉄五郎は首を振って甚八の言葉を止めた。語ると、浩太が萎縮すると思ったからだ。だが『鉄さん』『甚さん』と呼び合う仲は、端で聞いていても尋常ではない。

「この記事が、どうかされたのでしょうか?」

浩太が鉄太郎に向けて問う。表情も言葉も、無粋《ぶすい》なところはなくなった。

「実は、おれは新内流しでな、二十日ほど前に浜町の大川端で……」

すでに甚八には話してあるので、鉄五郎は、吉蔵と浩太に向けて語った。

「その男の子の名が、千太郎というのですか？」

吉蔵の声音が小さいのは、驚きを押さえているからだ。浩太にいたっては、開いた口がふさがらずにいる。相当な、衝撃を受けているようだ。

「浪人が持っていた書付けを、浩太さんは実際に読んだので？」

「いや。役人から聞き込んだ話でして。鉄五郎さんが知りたいのは、千太郎って名のほかに、もう一人の名が書かれてたかどうかってことですよね」

「ああ、そうだ。そこに、志乃と書かれてあったらもう間違いなしだな」

「生憎《あいにく》と、墨が滲んで読むのが難しかったと。でも、誰かの名が書かれていたとは言ってました」

「身元は、やっぱり不明ってことか？」

「ええ。侍ならば、入水じゃなくて潔《いさぎよ》く腹を切れって、お役人は言ってましたから。事件性もないので、たいして身元を洗うこともなく、無縁墓地に葬ったのでありましょう。手前も、ただそれだけのもんだと、もうとっくに忘れたことでした」

話をすれば、透《す》かさずに知りたい答が返ってくる。

――この人たちなら、力になってくれそうだな。

味方として頼り甲斐があると、鉄五郎はこの瞬間に踏んだ。もう、稲荷神社を見張る必要はなさそうだ。

志乃と千太郎の件に関しては、まだ大川から助けたところまでしか、吉蔵と浩太には語っていない。

三

「大川で、母子を助けたあとな……」

四日前に、横山町の権六長屋から二人が姿を消したところまでを語った。

「どこに行ったか、皆目《かいもく》見当がつかないってことですかい？」

問うたのは、浩太であった。鉄五郎には、もうなんの邪推も抱いていないようだ。むしろ、上半身をテブルに預け、食い入るように話を聞き取っていた。

「どこに行ったのやら……」

「いささか、心配でありますなあ」

丸い顔の眉間に皺を寄せ、吉蔵が呟くように言った。

「もう、馬鹿な真似はしてねえとは思うのだが」

「おい浩太！」

鉄五郎が小声で返すそこに、甚八の大声が鳴り響いた。

「へい」

長い面相を甚八に向けて、大きくうなずく。甚八の言いたいことを、すでに分かっているようだ。

「いいだろ、番頭さん？」

吉蔵に対して、同意を促す。大旦那から直《じか》に命じるのは、越権だと甚八は心得ている。きちんとした命令系統が確立されていると、鉄五郎は小さくうなずきを見せた。

「もちろん、よろしいですとも。これから浩太は、鉄五郎さんだけについててあげなさい。もしよろしければ、大旦那も手伝ってさし上げたらいかがですか？　普段はいてもいなくても、どうということはございませんから」

「ああ、どうせ俺は厄介者……何を言わせやがる。もっとも、吉蔵がいればすべては安心して任せられるがな。だが、おれはそんなには動けんぞ」

「大旦那は、許しだけ出してもらえれば、動くのはこちらでやりますから」

普段は、余計なことを口に出さないのが大旦那の使命と、甚八は心得ているらしい。ただし、何かあったときの責任は全部受けもつ。そんな度量が見受けられ、奉公人たちは安心して仕事に従事できる。

「ほかに人の手がいるようでしたら、ご遠慮なくおっしゃってください。忙しいですが、どうにか都合はつけますので」

大旦那を差し置き、吉蔵が鉄五郎に向けて言った。毎日が怒鳴りっぱなしの吉蔵が、今は、一目《いちもく》も二目も置いて鉄五郎を敬っている。

「大旦那様。鉄五郎さんて、いったいどんなお方なのでございましょう？」

浩太の問いが、甚八に向いた。

「知らないと、浩太もこの先一緒にやりづらいでしょう。いかがですか、鉄さん？」

甚八が、鉄五郎に同意を求めた。

「そうですな」

仕方がないと、鉄五郎も小さくうなずく。

「これは、ここだけの話として聞いてくれ」

鉄五郎の気持ちを見越している甚八は、最初に釘を刺す。

「はい。絶対誰にも余計なことは喋りません」

讀売屋は、口が固いのも特技の一つである。浩太の、力強い答が返った。

「鉄五郎さんという人は、普段は新内流しをしてて糊口を凌ぎ、こんなむさ苦しい格好をしているが、実はな……」

甚八の言葉が止まったのは、娘が再び茶を運んできたからだ。

「テーはいかがですか？」

先ほどテーを運んできた娘とは違う、もう一人のほうである。記事取りで、普段は外に出ている娘である。名は、香代《かよ》という。

「お香代にも手伝わせたらどうだろ？」

甚八が、吉蔵に問うた。

「そうですな。お香代は小回りが利くから、うってつけです。お茶はもういいから、お香代も話を聞いててくれ」

「なんの話でございましょう？　何も話を聞いてませんが」

お香代と呼ばれた娘が、大きな急須でテーをカップに注いでいる手を止め、吉蔵に訝《いぶか》しげな顔を向けた。二十歳を少し過ぎたあたりの、目尻がいく分吊り上がった娘である。美人とは言えぬが目端《めはし》が利きそうで、讀売屋に相応《ふさわ》しい面構えをしている。利口そうだが、悪くいえば小生意気そうでもある。

鉄五郎の隣に甚八が移り、向かい合って三人が座っている。

「大旦那様と番頭さんがそろって、それに浩太さんまで。いったいどんなお話しなんでしょ？」

口ぶりからして、相当に気が強そうな娘であると鉄五郎は踏んだ。

「細かい話は、おいおい聞いてくれ。このお方は鉄五郎さんといってな……」

「あたし、この人知ってます」

「なんだって！　どうして、お香代は鉄さんのことを知ってるのだ？」

「もしかしたら、新内を流しているお方でございますでしょ。たしか、川内屋弁天太夫さんではございませんか？　相方は女の方で、松千代さんとおっしゃいましたわね」

ここで芸の名が聞けるとは、鉄五郎は思わなかった。それにしても、詳しく知っているのに驚く表情をお香代に向けた。

「わたし、香代と申します。加えるでなく香りのほうです。これでも芸事のほうは精通しておりますので。世の中で、今何が流行《はや》っているかくらい知っていなくては、とても讀売の記事取りなんか務まりませんわ」

まるで、口から先に生まれたようだ。だが、鉄五郎はここでも強い味方を得たような心持ちになった。

「ですが、なぜに大旦那様と番頭さんがそんなにこのお方を敬っているのか、それがなんとも分かりません。普段は、威張り散らすことしか能のないお人たちなのに」

歯に衣着《きぬ》せぬお香代のもの言いに、大旦那と番頭は顔を顰《しか》めて苦笑う。

「今、それについて浩太にも話そうと思っていたのだ」

「浩太さんも、まだ聞いてないので？」

「ああ。これから、聞くところだ」

隣に座るお香代に、浩太が真顔で言った。

「お香代も、ここだけの話として聞いてくれ」

「分かりました、大旦那様。余計なことは、一切外では喋りませんから。これでも、いざとなれば口が固いほうです」

一言言えば、数倍になって返ってくる。そんなお香代に、今度は鉄五郎が苦笑った。

「実は、この鉄五郎さんは、このたび萬店屋の統帥になられたお方だ。先々代の五番目の子として生まれ、萬店屋の跡目を継ぐことになった」

甚八の語りを聞いて、浩太とお香代の背筋がピンと伸びた。「……超大富豪」と、目を見開いたままお香代が呟く。それと同時に「やべえ」と、浩太の開いた口がふさがらないまま、言葉が漏れた。

「鉄五郎さんの素性を知らなくては、一緒に探りもできんと思って語ったのだが。くれぐれも、外では内密にするように」

念を入れたのは、番頭の吉蔵であった。

「へい。誰にも、喋りません」

「分かりました。それで、今番頭さんがおっしゃいました、探りというのは？」

お香代だけにはまだ語ってはいない。

「これは、大旦那が直々に扱う。すべて、大旦那の指示に従ってくれ。それでは手前はこれで。仕事がほかにたくさんありますので、失礼させていただきます」

吉蔵は立ち上がると、鉄五郎に向けて深く頭を下げた。

「いろいろと、お心遣いありがとうございます」

鉄五郎も立ち上がり、吉蔵に向けて返した。そして、同じように腰を深く曲げて頭を下げた。

「……ずいぶんと、腰の低い統師さんですこと」

お香代の呟きが、鉄五郎の耳に入った。

「まずは、お香代と浩太にくれぐれも言っておくが、おれが萬店屋の統師であることは忘れてくれ。これからも、夜な夜なお松と共に新内流しで町を歩くからな」

お香代と浩太に対しての、鉄五郎の言葉使いがここから変わる。

「分かりました。それで、私らはなんとお呼びすればよいので？」

ちょっとだけ、お香代の言葉が改まった。あたしから私と、自分を呼ぶようになる。

「気軽に、鉄さんとでも呼んだらどうだ」

甚八が、助言を出した。

「でしたら私、鉄さまと呼ばせてもらう」

「好きに呼べばいいさ」

鉄五郎が、大きくうなずき同意を示した。

「それでだ、お香代。おれを手伝ってくれというのはだな……」

「手前から、お香代に話をします」

浩太の言葉も、ずいぶんと改まっている。

お香代も、二か月ほど前にあった、浪人の入水のことは憶えていた。

「それを、これから鉄さんと一緒に探っていこうってことだ」

「あれはもう、ずっと昔に済んだことではないので？」

「いや。これからが、はじまりだ」

「どういうことです？」

「二十日ほど前にな……」

浩太が、鉄五郎から聞いた話を語り出す。その流暢《りゅうちょう》な語り口に、さすが讀売の記事取りだと、聞いていて鉄五郎は関心する。余計なことは一切なく、話が要領を得ている。自分から、お香代に言って聞かそうと買って出たのがよく分かる。

「……それで、志乃さんと千太郎が四日ほど前から行方が知れなくなったということだ」

お香代に向けて語り終え、そして浩太の顔が鉄五郎に向いた。

「これで、間違いございませんね？」

「ああ、さすがだ。おれにも、すごくよく分かった」

浩太の語りは、ばらばらであった自分の考えをまとめてくれたようにも、鉄五郎は感じていた。

「これを記事になさろうってので？」

お香代の問いであった。

「いや、今は讀売には載せない。だが、事の次第によってはそうなるかもしれん」

「とりあえず、志乃さんと千太郎の行方を探ることと、向島で自害したという浪人が、母子と関わりあるかどうかを調べることからはじめたい」

甚八の言葉に、鉄五郎が乗せた。

「ちょっとお訊きしたいのですが、よろしいですか？」

「ああ、なんなりと……」

お香代の問いに、鉄五郎がうなずく。

「なぜにそんなに、その母子のことで入れ込むのですか？　お奉行所にでも頼めばよろしいのに」

「そうだよな、お香代。だがな、さっき浩太の語りにあっただろ。おれの太棹三味線が千太郎を助けたと」

「はい」

お香代の、真剣な目が鉄五郎に向いている。

「その三味線はそのとき壊れてな、きのうようやく直ってきた。ベベンと爪で弾いてみるとな、前よりもずっといい音色になっている。それを相方のお松が聞いてな、こんなことを言うんだ。『――この三味線、千太郎ちゃんを救ってくれって言ってるみたい』とな。そんなんで、おれとお松はこの母子のことに入れ込むことにした。ああ、そのためにはどんなに金がかかってもかまわない。萬店屋の財を、こういうことに使おうと心に決めたのだ」

「私、やります。鉄さまとお松さんと一緒に！」

「ああ、手前もだ。やらせて、いただけますか？」

鉄五郎の語りが終わると同時に、間髪《かんはつ》容れずにお香代と浩太の返しがあった。

「それでです……」

「よし、これで決まりだ」

お香代が何か言いたげなのを遮《さえぎ》り、鉄五郎が腰を浮かした。

「これから浜町堀に行って、二人にはお松と会ってもらう。それで、これからの動きを考えることにしよう。よろしいですかい、甚さん？」

「この二人のことは、鉄さんに任せた。もし、人手が足りなかったら、遠慮なく言ってきてくれ」

「ありがとう、兄弟」

「兄弟ですって？　まるで、やくざみたい」

お香代の、不思議そうな目が鉄五郎に向いた。

## 四

鉄五郎が、浩太とお香代を引きつれ浜町堀の高砂町に戻ったのは、正午を報せる鐘が鳴って四半刻《しはんとき》ほどが過ぎたころであった。

弥生《やよい》も半ばとなって、季節は春たけなわである。日差しも日に日に強くなり、大伝馬町から七町も歩くと汗ばんでくる。

「あのお屋敷ではないので？」

浜町掘を渡った向かいにある屋敷に入るとばかり思っていたお香代が、怪訝な顔をして鉄五郎に訊いた。

「あんなところに住んでちゃ、動きがとれねえ。だから、ここにお松と一緒に住んでいる」

大戸の閉まったしもた屋を前にして、鉄五郎が言った。

「あのう、もしやお松さんと……」

「ああ、三日前に夫婦となった。これからは、夫婦の新内流しってことだ」

「そうでしたか。それは、おめでとうございます」

浩太が、にこやかな顔をして言った。お香代は逆に、残念そうな顔をして鉄五郎を見やっている。「……それもそうね」と、自らに言い聞かせるような呟きが漏れた。

路地から裏に回り、木戸を開ける。

「いいから、入りな」

浩太とお香代を導き入れ、母屋の戸口の前に立った。

「今、帰ったよ」

遣戸《やりど》を開けて、鉄五郎が中に声を飛ばす。すると、慌てた様子で松千代が戸口先へと出てきた。

「どうかしたか？」

「四半刻ほど前に、志乃さんと千太郎ちゃんが戻ってきたと長屋のおかみさん……」

松千代の言葉が止まったのは、三和土《たたき》に立つ浩太とお香代に気づいたからだ。

「このお方たちは？」

「讀売屋の記事取りで……上がって、落ち着いて話をしよう」

「そうですね。どうぞ、上がってくださいな」

松千代が、二人を部屋へと導いた。

すぐにでも、横山町の権六長屋に駆けつけたかったが、ここは落ち着きが肝心と順序を踏むことにした。

「そうだ、昼飯は食ったか？」

鉄五郎が、松千代に訊いた。いつの間にか、鉄五郎の二日酔いはどこかに飛んでいる。朝飯も食してなかったので、ここにきて急に空腹を覚えた。

「いえ、まだです」

「だったら、四人で鰻でも食いに行くか。そこで、話をしよう」

「すぐに、志乃さんのところに行かなくてよろしいので？」

「帰ってきたと聞いただけでも、安心だ。それよりも、この二人をお松に紹介し、これからのことを話さないといけないからな。まずは、その前に腹ごしらえだ。浩太も腹が減ってるだろ？」

「ええ、かなり……」

「だったら、すぐに行こう。そうだ、久松町《ひさまつちょう》にもうまい鰻屋があったな。道の途中だ、話はそこでしよう。すまねえな、引っ張り廻すようで」

「いえ、とんでもないです」

「鰻とは、さすがに豪勢……」

鉄五郎の詫びに、浩太は恐縮し、お香代は、鰻が食べられると、喜んでいるようだ。

松千代の出かける仕度が調《ととの》い、四人はしもた屋をあとにした。すると、路地から堀沿いの道に出たところで、萬店屋の大番頭多左衛門が橋を渡ってくるのが見えた。多左衛門も、鉄五郎の姿を認めたか、速足となって近づいてくる。

「……何かあったかい？」

多左衛門が直《じか》に来たとあっては、重要なことだろう。

──引き止められそうだな。

鉄五郎の、嫌な予感であった。

「どちらにお出かけで？」

一つ頭を下げて、多左衛門が問うた。どこでもいいだろうと思ったが、邪険《じゃけん》にもできない。

「ちょっとね。ところで、大番頭さんが直々に、何かあったのですかい？」

「これをお渡ししなければならないと。昨夜お渡ししようと思ったのですが、酔っぱらってましたから」

言って多左衛門がが鉄五郎に差し出したものは、紫《むらさき》の袱紗《ふくさ》に包まれた物であった。

「こんなところでお渡しする物では……」

「いいから。おれたちは急ぐんで、ここでもかまわんだろ」

手渡された袱紗を開けると、それは鋼鉄でできた鍵であった。

「なんだい、これは？」

「お屋敷内にある、蔵の鍵です。萬店屋の統帥がお持ちになる物でして、その引継ぎをと……」

たしかに、路上でやり取りする品物ではない。それなりの、仕来《しきた》りとか儀式をもって受け渡しがされるべき、萬店屋で最も大切なものであった。その蔵には、何百万両もの金とお宝が収められているという。

「これから出かけるんで、夕方では駄目ですかい？」

五間ばかり先に立つ三人に、多左衛門の目が向いている。

「仕方ございませんな。ならば、夕方またうかがいます」

大番頭多左衛門が、屋敷へと引き返していく。

「あのお方は……？」

問うたのは、お香代であった。

「萬店屋の、大番頭だ。あの人がいるおかげで、おれたちは自由に振舞える。さあ、行こうか」

四人は、横並びとなって浜町堀沿いを歩きはじめた。急ぎ足となり、みな無言である。

久松町の鰻屋の二階は、個別に仕切られた部屋がいくつかある。他人《ひと》に話を聞かれず、落ち着いて話をするには、都合のよい店だ。四人は二階に上り、六畳の間に案内された。

座卓を挟んで鉄五郎と松千代が並んで座り、浩太とお香代が向かいに座る。鉄五郎は奢《おご》って、蒲焼の身が大きい特上のお重を六人前注文した。

「二人分は、土産《みやげ》にしてくれ」

志乃と千太郎の分も、注文は忘れない。

「特上なんて、私初めて。さすが、豪勢ですこと。よろしいですわね、毎日おいしいものが食べられて」

「まだ、お松に紹介してなかったな。この、口の減らないのがお香代だ。それで、こっちが浩太……」

「浩太です」

「香代です」

「松千代です、よろしく」

名を告げ合い、松千代と浩太、お香代の初めての出会いであった。といっても、お香代のほうは、松千代のことを知っている。

「志乃さんと千太郎を捜すのに、この二人に手伝ってもらおうと思った」

「でも、もう長屋に戻ってきているそうです」

「それがな、お松。ちょっと成り行きが変わってきて、讀売屋の甚八さんが、この二人をおれたちに付けてくれたのだ。なんだか、わけ深いことになりそうでな」

「わけ深いこと……？」

「あっしから、それは話しましょうか？」

浩太が、説明を買って出た。その口から、二月《ふたつき》ほど前の事が語られる。

「大川に身を投げたのが、千太郎ちゃんの父親ってことですか？」

浩太の語りを聞いて、開口一番松千代の問いであった。

「ああ、そうだ。そのときの讀売が、これだ」

鉄五郎が、四つに折った紙面を差し出した。

「この記事を書いたのが、この浩太ってことだ」

「そうだったのですか」

「もしこれが、千太郎の父親だったとしたら、深い事情《わけ》を知りたくなるだろ」

「ええ、もちろん。それにしても、驚きました」

「ちょっと、よろしいですか？」

夫婦の間に、口を挟んできたのは、お香代であった。

「どうかしたかい？」

鉄五郎の顔が、松千代からお香代のほうに向いた。

「これと同じような心中や自害が、ほかに何件か起きてまして。ですが、いずれも未遂でしたので讀売には載せてませんが」

「なんだって？　どうして、それを先に言わない」

「先ほど話そうとして、鉄さまから止められました」

「おれが話を止めたってのか？」

「はい。これで決まりだとか言って、立ち上がりました」

「あのときか。早くお松に報せようと、おれも焦ってた。それは、すまなかったな」

鉄五郎が、素直に詫びを入れた。

「いえ、謝っていただかなくても……」

お香代の、恐縮した表情であった。鰻は焼き上がるのに、かなりの間を取る。志乃と会う前に、先にお香代の話を聞くには都合のよい間合いとなった。

それから四半刻が経ち、ようやく鰻が焼き上がってきた。

お香代の話を聞くのに気持ちが取られ、時さえも忘れるほどであった。「お待たせしました」との仲居の声がしたと同時に、お香代は言葉を締めた。

「……というわけでして、志乃さんの件と合致するのではないかと」

「共通しているのは、禄を失い世をはかなんだという武士たちばかりだな。だが、どこの家来かというところまでは分からんということか」

「お香代さんの話に出てきたご浪人は三名。でも、まだまだたくさんいるかもしれませんわね」

「そうだな」

松千代の言葉に、鉄五郎が小さくうなずく。

「おい、お松」

「なんでしょう？」

「志乃さんのところには、おまえ一人で行ってくれんか。四人そろって行っても、余計に萎縮するだけだ。それと、千太郎はお松に慣れてるし、志乃さんも話がしやすいだろう。むしろ、おれたちは行かないほうがいい」

「それで、おまえさんは?」

「おれと浩太とお香代でもって、話に出てきた浪人たちから話を聞いてくる。お香代はその浪人たちがどこに住んでいるか、知ってるだろ?」

「はい。ですが、そのご浪人たちが語ってくれるかどうか、分かりませんよ。それは武士として屈辱でしたでしょうから、話に触れるのが怖くて……」

「それで、お香代は讀売に載せられないってのだろ」

「はい。なんせ相手は刀を持ってますので。一度話を聞こうと近づいたら、斬られそうになりました。なので、その後近寄ってもいません」

「どうだ、一緒に行けるか?」

「あまり、気乗りはしませんけど」

「だったら、道案内だけでもいい。おれと浩太で、聞き出してくる」

「あっしもですか?」

「そうだよ、男だろうに。そのくらいの危険を冒さんと、いい記事は書けんぞ」

讀売屋は萬店屋の支配下にある。鉄五郎は、ここぞとばかりに統師風を吹かした。

「へい、分かりました」

　このとき鉄五郎には、頭の中をよぎっていたことがある。志乃たちが失踪する前に訪れてきた武家の奥方は、話に出てきた三人のうちの、誰かの妻女ではないかと。

## 五

　夕方に話を持ち合うことにして、鉄五郎たち三人は、まずは深川今川町へと向かった。

　今川町から本所相生町《あいおいちょう》、そして神田山下町《やましたちょう》まで、この日のうちにできるだけ三軒回るつもりであった。日本橋久松町から仙台堀沿いにある深川今川町へは、歩くとかなり遠い。まずは、神田川に出て川舟を雇うことにした。

　途中、横山町までは四人一緒に歩いた。

「それではお松、頼んだぞ」

「はい。できるだけ、聞き出してきます」

　松千代が、風呂敷に包まれた鰻のお重を抱え、鉄五郎に向けて大きくうなずいた。

　そして、権六長屋に入っていくのを見届け、三人は神田川にある船宿に足を向けた。

　大川を下り、仙台堀に入って三町ほど先の桟橋で、鉄五郎たちは舟から下りた。

堤に上がり、お香代が顔を左右に向けている。「たしか、こっち」、お香代が、戻る形で西を指差した。そして歩き出すと、鉄五郎と浩太は、そのうしろに従った。

お香代が入った路地の奥は、九尺二間の部屋が棟割となった裏長屋で、その一軒にその浪人が住んでいるという。

「あの、奥から二軒目です」

さて、いざ着いてはみたが、何を口実に訪れてよいのか分からない。いきなり、なぜに自害をしようと思ったのだとは訊けない。その用意がなされぬまま、着いてしまった。

「名はなんと言ったっけな？」

「三ツ木信三郎《みつぎしんざぶろう》様と……」

この侍の妻が、仙台堀に身を投げて死を求めたのが一月《ひとつき》ほど前。たまたま通りかかった猪牙舟《ちょきぶね》の船頭が、女を助けて事なきを得た。その話が、記事の種を集めに深川に来ていたお香代の耳に入り、聞き込みに回ったという次第である。しかし、事情をつかむ前に三ツ木から刀を抜かれ、お香代は逃げるように引き下がり、それ以後訪れてはいない。

お香代にとって二度目の来訪だが、そのときの刃を思い出したか、木戸を潜《くぐ》ったところで足が止まった。

「奥方は、一緒に住んでいるのか？」

「はい」

「お子は？」

「七歳になる、娘がひとり」

三十歳をいくらか越したあたりの、働き盛りだというのに、世をはかなむほど落ちぶれている。志乃一家の悲惨な境遇と、まさに一致する。

「いったい、何があったというのだ？」

今このとき、松千代が志乃のもとを訪ねている。そこで、いったいどういう話が聞けるのか。

ここへは三人もそろって来たのだ。何も得ないで帰るわけにもいかない。鉄五郎は、いかに三ツ木信三郎と接触するかを考えていた。

「鉄五郎さん……」

そこに、浩太から声がかかった。

「あそこを……」

浩太が指差す先を見ると、井戸端で樽一杯の芋《いも》を洗っている女の姿があった。明らかに町人のかみさんとは違う、武家の妻女に見える。

「お香代、未遂の女とはあの人か？」

「はい。間違いありません」

鉄五郎は、もしやと思った。

――志乃さんのところに来た武家女というのは……まさか？

少し考えが飛躍していると思ったものの、まったくないとは言いきれない。まずは、井戸端の女に声をかけてみようと鉄五郎は思った。幸い、井戸の周りには誰もいない。

「ちょっと、おれが行ってくる。浩太とお香代はここにいてくれ」

分かりましたと、二人の返事があった。鉄五郎は歩き出し、井戸端へと向かった。そして流しの向かいに立つと、女の正面から声をかけた。

「手の込んでるところ、すいません」

女の顔が上を向いた。背の高い鉄五郎は、中腰となって女の顔と向き合った。

「なんで、ございましょう？」

相対する物腰はやはり武家の妻女だが、着ている物がかなり質素というよりみすぼらしい。鉄五郎は、ここでも深い事情を感じとっている。

「三ツ木信三郎様の、ご妻女でございますか？」

「…………」

返事の代わりに、眉間に縦皺を寄せている。答がないのが、図星の証しだ。それに、お香代からも確かめてある。ここで鉄五郎が、もう一歩踏み込む。

「志乃さんという女の方をご存じで？」

「えっ！」

驚く様相は、知っているとの答である。ただ、直《すぐ》に口から答が返るでもない。

「やはり、知っておられましたか」

相手を刺激しないよう、鉄五郎は穏やかな口調で言った。

「どちらさまで？」

ようやく、女のほうから声がかかった。

「志乃さん……いや、千太郎の味方にと思って、でしゃばる者です」

「千太郎ちゃんの……」

やはり、千太郎を知っていた。

鉄五郎が何を言いたいのか、意味は通じたようだ。芋を洗う手を止め、女は腰を上げた。

「先だって、志乃さんのところを訪れませんでしたか？」

「いいえ、行ってはいません。志乃さんが、どうかなされました？」

「いえ、志乃さんがどうのというのではなく……ちょっと、立ち入ったことを訊きますが、三ツ木様と志乃さんのご亭主は……」

鉄五郎の言葉が止まったのは、背後から声がかかったからだ。

「おい、そこで何をしている？」

振り向くと、不精髭《ひげ》を生やした男が立って、鉄五郎に鋭い眼光を飛ばしている。月代《さかやき》も剃っていないぼさぼさの髷《まげ》で、見るからに落ちぶれた浪人風情《ふぜい》である。一目で三ツ木信三郎と知れるが、年は四十ほどに老けて見える。腰に、大刀が一本差してある。鞘は、ところどころ塗りがはがれ、地がむき出しになっている。

「このお方、志乃さんとお知り合いだそうで……」

妻女が、三ツ木に向けて言った。

「なんだと！」

顔色が変わったようだが、髭が邪魔をしている。

「三ツ木様でございますか？」

「……………」

信三郎からの返事はない。そして、出た言葉は、

「帰れ。帰らんと……」

言って信三郎は抜刀した。鉄五郎がおやと思ったのは、鞘の粗末さと比べ、刀の手入れが行き届いていることだ。八双の構えに刀の鋒《きっさき》が天を向く。物打ち部分に、キラリと春の光の反射があった。

その様子を、遠目から浩太とお香代が見ている。

「おい、刀を抜いたぞ」

「私はそれで、逃げたけど……」

鉄五郎がどう出るか、二人は固唾《かたず》を呑んで見やっている。

「ちょっと、落ち着いてくだせえ、三ツ木様。あっしは、何をしようってつもりで来たんじゃありませんぜ」

無頼《ぶらい》であったときの伝法《でんぽう》な口調で、鉄五郎は信三郎の斬り込みを止めた。

「だったら、なんのつもりで来た？」

まだ、刀は鞘に納まってはいない。いつでも避けられる構えを取って、鉄五郎は言葉を向ける。

「三ツ木様は、志乃さんというお方をご存じで？　ええ、六歳くらいの千太郎というお子を抱えた……」

千太郎と言ったと同時に、信三郎のこわばった顔がいく分緩みをもった。殺気が遠のくのを感じて、鉄五郎は言葉を畳み掛ける。

「どうやら、ご存じのようで。その志乃さん、つまり千太郎の父親が二月《ふたつき》ほど前……」

「その話はいい。それで、きさまと志乃どのとどんな関わりがあるのだ?」

「その前に、刀を納めていただけませんか?」

言われて信三郎は、すんなりと刃を鞘に戻した。それを、もの陰で見ていた浩太とお香代が、ほっと安堵の息を漏らした。

「一月《ひとつき》ほど前……」

鉄五郎が、簡単に経緯を語った。

「志乃どのが、そんなことを仕出かしたのか」

呟くような信三郎の声音に、妻女が潤む目を向けている。自分にも、覚えがあったというような表情である。それについては、鉄五郎は触れないことにした。

「その志乃さんに、事情を訊きましたけど、口を噤《つぐ》むばかりで。ですから、姓のほうはいまだ分からず。三ツ木様は、志乃さんのご亭主とはどのような関わりで。どちらかのご家来で、ご同僚とか……？」

「いや、違う。仕事の上ではまったく関わりがない」

「では、どんなご関係で？」

「騙《だま》された。ただそれだけのことだ」

「騙されたって、誰にです？」

「すまぬが、これまでにしておいてくれんか。もう、忘れたことだ」

「三ツ木様はお忘れでよろしいでしょうが、ほかにも苦汁《くじゅう》を舐めたお方がたくさんいるのではございませんか？」

「ならば、ほかの者に訊いてもらえぬか。これからやることがあるのでな、すまんが引き取ってもらいたい。お藤《ふじ》、行くぞ」

女一人ではもちきれない芋の入った樽を、二人で取り合って住処《いえ》へと入っていった。

長屋の奥に、屋台らしきものが止まっている。そこに『ふかし芋』と看板が掲げられていて、鉄五郎は三ツ木信三郎の生業《なりわい》を知った。

鉄五郎が、浩太とお香代のもとへと戻る。

「斬られるかと思って、ひやひやしてました」

お香代が、ほっと安堵した表情で言った。

「あのくらいの剣なら、避けることができる。何も、怖いことはないさ」

「それで、どうでした？」

浩太の問いであった。

「それがな『騙された』ってだけ言ってた。なんとも意味が分からんので、つっ込んだのだが、それ以上は語ってくれなかった。ただ、志乃さんたちをよく知っているようだ。なので、手がかりには充分なりえる」

「あのお侍をこれからも……」

「いや、もういいだろうよ、お香代。あのお方からは、もう、何も聞き出せん。今は芋を売って糊口《ここう》を凌いでいるようだが、武士の魂は捨てていないと思った。刀の手入れがよかったからな。とりあえずは、そっとしておこう」

三人は、仙台堀の桟橋に戻ると、そこで川舟を拾った。

これから本所相生町、そして神田山下町に回ろうと思ったが、鉄五郎は考えを変えた。

「どこを回っても、同じことだろうよ。だったら、やはり志乃さんに訊くのが一番早い。今、お松が聞き込んでいるから、そこに向かおう」

舟先は、戻る形で神田川へと向かった。

# 六

鉄五郎の頭には、三ツ木信三郎が言った『騙された』との一言が、こびりついている。

「……騙されたってか」

大川に出て、川を遡《さかのぼ》る。鉄五郎の呟きは、川風によって下流へと飛んでいった。すると、鉄五郎の顔が浩太とお香代に向いた。

「おい……」

「何か？」

「このごろ、何か大掛かりな騙《かた》り事はなかったか？」

この手の事件に関しては、讀売だったら詳しいだろうと、鉄五郎は川風に飛ばされないように大声を出した。

「騙り事ですか……お香代は何か知ってるか？」

「いいえ。ここのところ、そんな事件は聞いてませんね」

舳先《へさき》側に並んで乗る、浩太とお香代の首が振られる。

「ちょっと待ってくださいよ」

お香代が何を思ったか、考え込んだ。

「どうかしたか？」

「私には覚えがないけど、ほかの人なら……鉄さま、先にお店《たな》に戻ってみませんか？」

「よし、そうするか」

大伝馬町へ舟で行くには、永代橋《えいたいばし》を潜り霊巌島《れいがんじま》の、北新堀《きたしんぼり》を箱崎《はこざき》から日本橋川に向かう水路を取らなくてはならない。江戸橋《えどばし》の手前で西堀留川《にしほりどめがわ》に入り、堀留町まで行けば、大伝馬町は目と鼻の先だ。

「船頭さん、西堀留川に行ってくれませんか」

お香代が、船頭に行き先を言った。舟は、大川を北に上っている。

「行く先が逆だな」

船頭は、田安家《たやすけ》の下屋敷を回り込むように、永代島の中洲を半周し、箱崎から日本橋川へと入った。

小網町《こあみちょう》の、生臭い干し網の臭いを嗅ぎながら舟は魚市場沿いの、西堀留川に舵《かじ》を取る。

「……お松のやつ、うまく聞き出せているかな？」

三ツ木信三郎のところに行って、少しは先が見えてきたような感じがする。だが、それはまだまだ深い闇で閉ざされた、暗黒の域であった。


大伝馬町の讀売屋に戻ると同時に、昼八ツを報せる鐘が鳴りはじめた。

鉄五郎は、この日二度目の西洋の間であった。浩太とお香代は、過去の騙り事件を探すため、仕事場に入ったきりである。鉄五郎がテーカプで、甘い紅茶を飲みながら四半刻ほど待つと、浩太だけが入ってきた。

「生憎《あいにく》とみんな出払っちまって、大掛かりな騙り事件てのは見つからずでして。老人を騙して、小銭を掠め取った寸借詐欺なんてのはいくつもあるんですが」

この三月《みつき》ばかりの間に発行した讀売を片っ端から調べたが、今のところ大掛かりな詐欺事件に関した記事は見当たらないと、浩太は言う。お香代は、引きつづき調べているところだ。

「そうか。三ツ木さんが騙されたといったような事件は、見当たらないか」

――表にも出ない、巧妙な仕掛けにみな騙されたのだな。

「騙りに遭ったのは、みな浪人……ん？」

鉄五郎は、独りごちると何かに思い当たった。

「おい浩太」

「はい、なんでしょう？」

「ここの讀売には、報条《ほうじょう》も載《ま》せてあったな」

報条とは、世間に広く撒かれ、店や商品の存在を報せる広目《ひろめ》の手段である。一般には引き札と呼ばれるものだが、三善屋の讀売本紙には記事と共にそれらの類《たぐい》を、有料で載せていた。

「それは、うちの資金源ですから。ですが、さほど紙面を大きく取れませんので、多くは働き手を求めるものが主です。その報条がどうしましたと？」

「誰か、それに詳しい者はいないか？」

「でしたら、三吉《さんきち》というのが報条に携わっておりますが」

「今、いるかい？」

「ええ、おりますが……」

「お香代と一緒に、ここに連れてきてくれ。訊きたいことがある」

このときはまだ、鉄五郎もこれといった確信はなかった。

三人が西洋の間《ま》に入り、卓を挟んで鉄五郎と向かい合った。真ん中に、三吉という鉄五郎より二、三歳上の男が座っている。

鉄五郎の意図がつかめないか、三人が小首を傾げている。

「すまないな、忙しいところ」

「いや。それで、用件てのは……？」

とりわけ三吉は、鉄五郎とは初対面である。偉そうな鉄五郎の態度に、顔がしかめっ面となっている。だが、素性は誰かがあとで語るだろうと、この場は急ぐので黙しておくことにした。

「この半年くらいの間で、浪人を集めるような報条を載せたことはなかったかい？」

「ってことは、口入《くちいれ》の広目ってことですかい？」

「そういったようなものだ」

「職人を雇うようなのは……あっ、ちょっと待ってくださいよ。そういえば、半年ほど前……」

三吉は、言葉を途中に立ち上がると客間から出ていった。

「何か、思い当たったようだな」

「そのようですね」

お香代が返したところで、三吉が一枚の紙面を持って戻ってきた。

「ここに、こんなのがあった」

それは、片隅に二行で記された口入の報条であった。

『求む　仕官多数　浪士歓迎　高給優遇　沼山《ぬまやま》藩黒川《くろかわ》家』

とある。

「沼山藩黒川家ってのは、上州《じょうしゅう》沼山五万石の大名で、今の藩主は黒川備中守《びっちゅうのかみ》高純《たかずみ》というお方ですぜ」

さすがに讀売の記事取りである。浩太の口から、すぐに沼山藩の藩主の名が知れた。

「ほかに、このような報条は……？」

「いや、大名家が浪人を求めたのは黒川様だけでして。三善屋だけでも半年前に、立てつづけに五度ほど載せてますな」

答えたのは、三吉であった。

「これが何か……？」

お香代が問う。

「いや、分からんが、浪士というところが気になってな。こいつをもらってっていいかい？」

「ええ、よろしいですが……」

まったく話の筋が読めていない三吉が、不思議そうな顔をして鉄五郎を見やっている。

「この人、いったい誰なんだい？」

三吉が、お香代に問うた。

「今は、語っている暇がないからあとで。鉄さま、これから……？」

「ああ、すぐに行こう」

紙面を折り畳み、懐にしまうと鉄五郎は立ち上がった。同時に、浩太とお香代も立ち上がる。忙しいところすまなかったなと、三吉に一声残して鉄五郎たち三人は、讀売屋をあとにした。

向かうところは、東に五町ほど行った横山町の権六長屋である。

「まだ、お松はいるかな？」

もう、一刻以上は経っている。お松はいなくとも、どの道志乃を訪ねることにしている。

「ところで、このたびのことと沼山藩黒川家とは関わりがあるのですかね？」

歩きながら、浩太が問うた。

「あるかどうかは、分からないな。だけど、探りを入れる価値は充分にありそうだ。もし、相手が大名となったら、こいつはおもしろくなるぜ」

「大名が、人を騙してるってことですか？」

「そういうこともありうるってことで、これから調べるのさ。さあ、急ごう」

お香代の問いに答えたと同時に、鉄五郎は速足となった。

まだ、時が早いか井戸端には誰もいない。三人で行っては恐縮するだろうと、浩太とお香代を近くの茶屋で待たせ、志乃のところには鉄五郎だけで行くことにした。

戸口に立つと、建てつけの悪い腰高障子に手をかけた。「ごめんくださいよ」と、一声障子越しに飛ばし、ゆっくりと引き戸を引いた。

三和土《たたき》に草履《ぞうり》が三足ある。小さいのは千太郎の物で、一足は松千代が普段履いている物だ。

「……まだいるらしいな」

一言呟き、鉄五郎は敷居を跨《また》いだ。すると、框《かまち》に千太郎が立っている。

「おじちゃん……」

「おお、千太郎。帰ってきたか」

元気そうな千太郎に、鉄五郎もほっと一安心だ。

「どうぞ、上がってくださいませ」

志乃の声に、鉄五郎は式板に足を載せた。六畳の間に、松千代が背中を向けて、座っている。

「おまえさん、来てくれたのかい」

「ちょっと、情勢が変わってな。それよりお松、ずいぶんと長居をしてるようだな」

「ええ、いろいろと話をしていたものですから」

「そうかい。それで、どこまで聞いた？」

「あたしの口からよろしいですか？」

語るに、松千代は同意を求めた。すると、志乃の小さなうなずきがあった。

「やはり、二か月前にご亭主は……」

「そうだったか」

予測していたとはいえ、いざ知れてみると心が痛む。目を閉じて、鉄五郎の顔が苦渋で歪んだ。

「おじちゃん、うなぎありがとう」

そこに、千太郎の声がかかった。

「おいしかったか?」

「はい」

大きくうなずき、はっきりとした武家の子らしい千太郎の返事があった。

「よかったな。だったら、また買ってきてあげるぞ」

「うん」

にっこりと笑う千太郎に、鉄五郎は奮い立つ思いとなった。

――絶対に仇《かたき》をとってやるからな。

声には出さず、鉄五郎は千太郎の頭を優しく撫でた。

「千太郎は、向こうに行ってなさい」

向こうとは言っても、六畳一間である。障子に差し込む光でもって、千太郎は一人でお手玉をして遊んでいる。

七

鉄五郎を交えてから、半刻ばかりで志乃のところをあとにした。

「茶屋で、浩太とお香代を待たせてある」

「お二人も、まだ一緒だったのですか？」

「ああ。三人で押しかけても、千太郎が驚くだけだろ。今話を聞いて、いてもらってよかった。でないと、また大伝馬町に行かなくてはならなかった」

「なんですか、大変なことになってきましたね」

「ああ、相手が相手なので、これからその裏づけを取るのに動くことになる」

志乃から話を聞き出し、鉄五郎は驚きを隠せないでいる。町奉行所の同心のように、顔を顰《しか》めた。

「なんだかおまえさん、新内流しでなくお役人になったみたい」

「とんでもない。役人なんて、そんなちんけなことを言わんでくれ。おれたちは、これから大名を相手に、大喧嘩を売るんだぜ。そのためには、これぞといった証しを立てて、大名の前に突きつけてやらんとな。いや、それだけじゃつまらねえ。これでもって辛酸を舐めた人たちが、溜飲《りゅういん》を下げるようなことをしてやるんだ。その手立てを、これから考えるってことだ」

二人が待ってると、鉄五郎は足を速くした。

「すまねえな、待たしちまって」

茶屋に入ると、鉄五郎は二人に詫びた。

「いや、いいんですけど。ずいぶんと、長いこと話してましたね」

「ああ。おかげで、大変なことが知れた。あんたらも記事取りとして、腕が振るえるかもしれないぜ」

「本当ですか？　そいつは早く聞きたいものですね」

鉄五郎の意気込みに、浩太とお香代の目に光が宿った。

「だったら、おれの家に行こう。話が長くなりそうだし、大番頭さんが来るかもしれん」

茶と饅頭《まんじゆう》代を松千代が払い、茶屋を出ると高砂町へと足を向けた。

早く話がしたいのと、聞きたいとの思いが重なり四人は縦一列となって、浜町堀の堤を急いだ。

夕七ツを報せる鐘が、時を告げ終わったころに鉄五郎たちは、高砂町の家へと戻ってきた。

すると、裏木戸に紙片が挟まっている。

『戻られましたら至急屋敷に来られたし　多左衛門』と記されてある。鉄五郎としては、こっちのほうも大事である。

「ちょっと、行ってくる。大体の筋は、お松のほうで話しておいてくれないか」

「分かりました」

鉄五郎は、浜町堀を渡って萬店屋の本家へと赴《おもむ》く。松千代は、浩太とお香代を案内して、しもた屋の中へと入った。

大名屋敷のような重厚な正門は閉まりきりで、鉄五郎は脇門を開けて屋敷の中へと入った。玄関の土間に立って中に声を飛ばすと、紺絣《こんがすり》のお仕着せを着た女中が三人ほど出てきた。「統帥様、こちらへ」と、前後を女中に挟まれ案内される。そこは、松にとまる鶴が書かれた襖絵で仕切られた、萬店屋の統帥部屋であった。ここも狩野派の、有名な絵描きが直画《じかが》きした襖に閉ざされている。

襖を開けると、金を基調とした眩《まばゆ》いばかりの内装であった。

「太閤殿下の部屋ではあるまいし、こんなところで話すのはいやだ。けつが、落ちつかねえ」

一足踏み入れ、鉄五郎は踵《きびす》を返した。

「どこか、ほかの部屋にしてくれ。だめなら、おれは帰る」

困惑する女中を置いて、鉄五郎は長い廊下を一人でスタスタと歩き出した。

「お待ちくださいませ、統帥様」

三人の女中が追いかけてくる。だが、広い屋敷の中で迷い、鉄五郎は動きようがない。すぐに女中たちに捕まった。

仕方がないと、大番頭多左衛門の部屋へと案内された。

「こちらからお持ちしようと思っておりましたが、やはり仕来《しきた》りですので、統帥のお部屋で鍵の引渡しをせねばと。それで、お呼びいたしました」

いいのいやだのと、言っている暇はない。鉄五郎は多左衛門の言いなりとなって、不愉快ながらも金襴の間で鍵を受け取ることにした。

金屏風を背にして、鉄五郎が多左衛門の拝礼を受ける。

「これで、晴れて萬店屋三代目の統帥となられます。今後とも、三善屋発展のためよろしゅうお願い申し上げます」

多左衛門の口上で、厳《おごそ》かに鍵の受け渡しがなされた。これで、蔵の中の金銀財宝は、鉄五郎が好きなように使えるという。

「全部使っていいのか？」

「ええ、お好きなように。ただし、無駄にばら撒くというのだけは、先々代の遺言でございますからなされませんように」

「それは、心得てるって。おれは、これを世の中の役に立つように使っていきたいと思ってる」

「何をお考えか分かりませんが、くれぐれも萬店屋と三善屋の名を汚さないようお願いいたします」

「ああ、分かってますとも。それじゃ、急ぎますんで」

鍵引渡しの儀式は、四半刻もかからずに終わった。鉄五郎は、懐深く鍵を納めて立ち上がった。

「ちょっと、待って……」

止める多左衛門を無視して、鉄五郎は女中に玄関まで案内させた。

外に出ると、敷地の奥に耐火造りの、重厚な蔵が建っている。背丈までもある海鼠《なまこ》壁が土台となり、白壁が天を突く高さにそびえている。どんな盗賊が来ても、絶対に開けられないという錠前が扉にかかっている。

「この蔵か」

鉄五郎は、中をのぞいていこうという気になった。錠前を開ける鍵も、複雑な形をしている。懐にしまわれた鍵を取り出し、錠前の穴に差し込んだ。すると、すんなりと押し込むことができた。そして、半転させるとカチリと小さな音がした。しかし、錠前はかかったままだ。本来ならば、ここで開くはずだと思うも、さにあらずである。

いく度も回してみたが、錠が開くことはない。

この錠前には、単に鍵を差し込み、回しただけでは開かない仕掛けが施されていた。

「簡単には、開けることができないってのか?」

さもあらんと、鉄五郎は母家に戻り、多左衛門に錠前の開け方を訊いた。

「ですから、先ほどお止めしましたのに。蔵の錠前を開けるには、もう一つ手間が必要でございまして。先ほど鍵を渡しました主部屋《あるじ》にある金庫の中に、蔵の錠前の解き方を書いた物がございます。まずは、それをご覧になっていただいてからでないと、あの蔵を開けることは叶いません」

「その、解き方を書いた物というのを、見せてもらおうか」

再び金欄の間に、鉄五郎は案内された。

「蔵の開け方は、鉄五郎様だけの頭の中に仕舞っておいてください。これを知っているのは統帥と手前だけでございます。万一、中のお宝がなくなってましたら、手前の仕業と取ってよろしいです」

自分が知っていないと、新たにできた財を蔵に入れることができないからだと、多左衛門が理由《わけ》を語った。

そして鉄五郎は、再び蔵の前に立った。頭の中に収めた手引きを思い出し、鍵を回した。すると、コツンと手に響くような大きな手ごたえがあった。

ゆっくりと扉を開く。厚さが七寸ほどある、重い扉であった。天井近くにある、明かり取りから差し込む光だけでは、内部の様子は分からない。鉄五郎は、ゆっくりと蔵の中に足を踏み入れた。すると、うず高く箱が積まれている。

「……千両箱」と呟き、背の届くところの一箱を足元に下ろした。蓋を開けると、びっしりと小判が詰まっている。

「すげえ……」

千両箱が、いくつあるか数えることもしないで、鉄五郎は外へと出た。

「驚いたなあ。あるところには、あるもんだ」

興奮が冷めやらぬまま、鉄五郎はしもた屋へと戻った。


大方、松千代の口から浩太とお香代に、事の次第が説かれていた。

「今、お松さんから話を聞いて、驚いてます」

松千代の隣に座った鉄五郎に、お香代が開口一番に言った。

「そうか。おれも今、驚いてきたところだ」

「ご本家で、何がございましたので？」

松千代の問いであった。

「あとで話すというよりも、これは言わんほうがいいな。おれの胸の中だけに仕舞わせておいてくれ」

「と言われれば、なおさら知りたくなります」

なおも、松千代のつっ込みがあった。

「そうか。ならば、これだけは言っておく。今度の件では、どでかいことができるぜ。ああ、遠慮なくな」

「そういうことでしたか。でしたら、もう問うことはいたしません」

松千代も、想像がつくかそれ以上問うこともなく得心をした様子となった。

「なんだか分かりませんが、おもしろいことになりそうで」

浩太が、長い顔に笑いを含ませて言った。

「おもしろいかどうか分からんが、沼山藩主黒川備中守高純に新内恨み節を聴かせ、ぎゃふんと言わせてやることができそうだ。ただし……」

「ただし、なんです？」

お香代の問いに、鉄五郎は小さくうなずく仕草を見せた。

「まだ、駄目だ。志乃さんの話の裏づけが必要だ。それがなくては、大名を陥れることはできん。これからおれたちは、確たる証しをつかむのに動くことにする」

しもた屋には、部屋がいくつもある。

「これから、夜通しでその策を練るけど、浩太とお香代はここに泊まることができるか？」

「もちろんで」

「私も、よろしいです」

「よし。だったら、先に夕飯だ。ただし、酒は抜きだぞ」

まだいく分、昨夜の酒が残っている。頭の痛さは取れたものの、到底呑む気にはなれなかった。それに、大事な話が夜っぴてあるのだ。

# 第四章　大名落としの大仕掛け

## 一

松千代が、志乃から聞いた話である。

夫である坂上兼之助《さかがみけんのすけ》は、五年前まで下総佐高藩《しもうささたか》勘定吟味役の要職についていたが、お家騒動のとばっちりを受けて職を失い、以後妻子を抱えて浪人となって江戸へと来た。藩士時代の兼之助の仕事ぶりは勤勉で、少なくとも五十両以上の金をコツコツと貯め込んでいたので、当座の生活費には困らない。

江戸に出てきてから、浅草諏訪町に居を構えた。そこで近在の子供たちを集め、得意な算術で算盤《そろばん》などの手ほどきを生業《なりわい》としてきた。だが、兼之助はそんな仕事を毛頭望んではいない。いつか、どこかの大名家に仕官して、武士の生活を取り戻したいとの願望があった。

半年ほど前、讀売に載っていた仕官募集の記事を目にして、兼之助は機会が訪れたと、応募に踏み切ることにした。

三ツ木信三郎とは、兼之助が浪人のときに知り合った呑み仲間であった。三ツ木は尾張犬塚《おわりいぬづか》藩の江戸詰めとして仕えていたが、ちょっとしたしくじりで藩主の逆鱗《げきりん》に触れ、役目を解かれた男である。同じ境遇の浪人で齢《とし》も同じことから、気が合った。家も浅草福富町《ふくとみちょう》で近く、妻子を交えた家族ぐるみの付き合いであった。

ある夜のこと、三ツ木信三郎が酒を呑もうと、一升徳利をぶら下げてやってきた。酒の肴《さかな》を拵《こしら》え、千太郎を寝かしつけてから志乃は、酌の相手をした。そのときの、兼之助と信三郎の話を聞いている。

「――三ツ木殿、貴殿は浪人暮らしから脱却したいと言っていたな」

「ああ。こんな暮らしは、もう真っ平だ。浪人とは、こんなにつまらんものとは思ってもいなかった。夢も希望も、まったくない。そこでだ、少し金の蓄えがあるので、それを元手に士分を捨てて商人になろうかと思ってるのだ」

「商人もよかろうが、まだ武士の気持ちがいくらかでも残っているなら、士官をしてみるというのもいかがかな？」

「ほう。そんな話があるのか？」

「うん。ちょっと、これを見てくれ」

兼之助は懐から、三善屋版の讀売を取り出した。

「貴殿にもどうかと、思っていたのだ。ここに、書いてあるだろう」

銘々膳越しに手渡され、信三郎は声を出して読みはじめた。

「なになに……求む　仕官多数　浪士歓迎　高給優遇　沼山藩黒川家とあるな」

「どうだろう。仕官多数とあるので、冷やかしながらでも行ってみたらどうかと思っての」

「いや、冷やかしなどでなく、本気で当たってみてもいいのでは。のう、志乃どの」

信三郎が、上機嫌に志乃に同意を求めた。

「はい。やはり、夫はどこかのお家に仕えてこそ武士と思っております。お藤さまもそう望まれておられると」

「さすが内儀同士だ。家内と話ができておるわ」

志乃に背中を押され、二人は仕官の道を選ぶことになった。

「沼山藩黒川家は、五万石と聞いておるぞ。勤めるに、不足はないの」

兼之助が、信三郎の杯に酒を注ぎながら言った。

「貴殿は勘定方、拙者は……」

「剣の腕も立つだろうから、剣術指南役かなにかで」

「とんでもござらぬ。拙者の剣の腕で指南役など、とてもとても。せいぜい、殿様警護の徒組《かちぐみ》にでも属せれば上等でござる」

手を振って、信三郎は謙遜する。剣の腕はともかく、毎日刀の手入れは怠りないと兼之助は聞いている。そんな男が、本心で商人になるはずがないと。

「ならば、一緒に黒川家に出向きますか？」

「そういたしましょうぞ」

兼之助の持ちかけに、信三郎は酒を呷《あお》りながら同意した。

その三日後に、兼之助と信三郎は月代《さかやき》をきれいに剃り、正装の 裃《かみしも》 を着て黒川家上屋敷へ、面談へと赴《おもむ》いた。

夕方になり、戻ってきた兼之助は浮かない顔をしている。

「――ご首尾はいかがでございました？」

兼之助が戻る早々、志乃が問いをかけた。

「このたび採る人数は二十名と多いのだが、そこに百人以上の浪士が集まっていた。

みな、仕官をしたくて一所懸命だ。そこで、仕事の能力はともかく、別のことが試された」

「別のことと申しますのは？」

「まずは黒川家のために、即刻役に立つことができるかどうかってことだ」

「お役に立てるとは？」

「端的にいえば、まずは百両の金子《きんす》を預かりたいと。むろん、のちに返却するということで。それで、黒川家に対する忠誠の証しを示せというのだ。まずは、その気構えがあるかどうかということを試された」

「百両ですか。そんなお金は、お持ちでないでしょ」

「これまで貯めた金が五十両あるが、その半分しか満たない。だが、こんないい話は滅多にない。なにせ預ける百両に、一年後は元金保証で二十両の配当がつくというのだ。その上に、仕官が叶えば高禄を得られる。こんな、ちまちまとした生活とはおさらばということだ。千太郎にも、武士の子として、真っ当な男に育ってもらいたいしな」

すでに、十人の浪人が百両の出資に賛同し、仕官が叶っている。七十人は、百両の捻出をあきらめすでに撤退している。あとの二十人が迷い、兼之助と信三郎はその中に入っている。兼之助は五十両、信三郎はあと三十両が必要であった。

「信三郎殿は、無理をしても三十両を工面するという。俺も、できればそうしたい」

「でしたら、お悩みになることなどございませんでしょ。五十両くらい、なんとかなります。私の実家に話をしても……」

「とんでもない。おまえの実家の世話になるなんて、そんなみっともないことができるか。それについては、黒川家からこんな助言があった。黒川家出入りの両替屋が無担保でもって、金子《きんす》を用立ててくれるというのだ。五十両が限度というので、それなら賄《まかな》える。借金をするが、元金は保証されるのでなんとかやり繰りはできるだろう」

「分かりました。もうあなたの気持ちは、仕官に向いているのでございましょ。でしたら、黒川家にお勤めなされたらいかがです」

　内儀たちの後押しもあって、坂上兼之助と三ツ木信三郎の仕官は叶った。半月後、上屋敷にて藩主黒川備中守高純との謁見を経て、正式な家臣となる運びであった。

　松千代が、長い語りの途中で一服茶を啜った。

　話の先が読めそうな気がしてか、浩太とお香代の二人は、顰めっ面をして聞いている。

「それから半月ほど経ちまして……」

松千代が、話をつづける。

初出仕のその日、坂上兼之助と三ツ木信三郎は、二人そろって黒川家上屋敷へと赴いた。御広間で、仕官が叶った浪人二十人が、裃を纏った正装で藩主黒川高純の出座を待っている。

正午ちょうどのはずが、半刻待たされる。そのときはまだ、さもあろうと浪人たちには余裕があった。そして、さらに半刻待たされ、遠くから昼八ツを報せる鐘の音が聞こえてきた。このあたりから、少しざわめき出す。さらに半刻が経ち、浪人の一人が立ち上がると、差配役の黒川家家臣に問うた。「殿はまだお越しになられませぬか？」と。ただし、咎《とが》めを恐れたのだろうか、口調は穏やかだ。しかし、その問いに家臣の答えはなく無言であった。そのとき兼之助は、これはおかしく思ったと志乃に語ったという。

その日、体の不調ということで黒川高純との謁見はなく、後日に持ち越されることになった。その後日というのが、いつになるか分からない。十日待てど、二十日待てど黒川家からの報せはなかった。そして、一月《ひとつき》ほどが過ぎたころであった。今から、三月《みつき》半ほど前のことである。

坂上家に来たのは、黒川家の家臣ではなく、借りた金の取り立てであった。凄腕の浪人風の男たちが五人で乗り込んできた。黒川家に立て替えた五十両を、即刻返金しろとのことである。それに、利息がついて八十両となっている。かなりの暴利である。借用文には細かな字が、びっしりと書き加えられている。明らかに不正に改ざんされたものであった。

金を返すか、言うことを聞くか、二者の選択が迫られる。

言うことを聞くというのは、今来ている浪人たちと、同じ仕事をさせられるということだ。この五人も貸し金の取り立てで、黒川家御用達の両替屋に雇われた浪人たちであった。すべては黒川家の企みと知ったものの、ときは遅かった。

同じような仕官を求める報条を、三善屋以外にもいくつも出して多くの浪士たちを募っていた。兼之助と信三郎のような被害者は、どれほどの数に上るか分からない。かなりの数がいるのは、確かである。

どちらか決めるのに、三日ほどの猶予が与えられた。しかし、八十両の返金など、即刻にできるはずがない。兼之助は、すぐさま信三郎のもとを訪れた。信三郎も三十両の工面ができず金を借り、返却できないでいた。その額五十両に膨れ上がり、やはり、同じように浪人たちが五人してやってきたという。

二人だけの相談がはじまる。

「――どういたそうかの？」

「金を払うのは理不尽だ。拙者は五十両取られた上に、さらに利息がついて八十両を迫られている」

「拙者のほうは、五十両だからな。どっちにしろ三日後に払えるわけがないし、払うつもりもない」

「ならば、もう一つの選択である、われわれもその取り立てに加わる以外にないの」

「そうやって浪人を仕官させ、次から次と騙す手口ということか。これは、完全に騙《だま》されたの。だが、拙者は借金の取り立てなんぞ絶対にやらん」

信三郎が、断固として言い放った。

「しかし、両方抗《あらが》うことはできんぞ。もし、嫌と首を振ったら即刻首となるそうだ。そうしたら、役人の手に捕らえられ、奉行所裁きとなるらしい。そうなったら、何もかも終いだ」

「いや、もう一つの選択肢がある」

腕を組み、信三郎が口にする。

「逃げるという手もある」

「逃げると……美保《みほ》を連れてか？」

美保とは、信三郎の七歳になる娘である。

「仕方がなかろう。拙者は、そのつもりでいる。今夜にも、ここを出るつもりだ」

「どこに行く？」

「悪いが言えん……もっとも、あてなどないがな」

「左様か」

かくして兼之助一家は浅草に残り、信三郎たちは行方を晦《くら》ますことになった。

二

そして二月《ふたつき》前、兼之助は儚《はかな》んだか、大川に身を投げてしまった。

「その理由《わけ》について、志乃さんが泣いて語ってくれました」

松千代の語りのつづきを、鉄五郎は目を瞑り腕を組んで聞いている。そして、浩太とお香代はうな垂れて、涙を流している。

「……あんな広目記事、讀売で出したのが間違いだった」

苦渋のこもる呟きが、浩太の口から漏れた。その呟きを耳にしながら、松千代は志乃から聞いた話の先を語る。

五人の浪人たちが三日後にやってきて、兼之助に迫る。

「――どっちにするか、結論はついたか？」

「そんな不合理なことはできない」

八十両は払えるわけがないと、端から兼之助の気持ちは決まっていた。きっぱりと断りを言った。

「ならば、どうなるか分かっておるな、一緒に来てもらおう」

抗うこともできず、兼之助はその場で捕らえられるようにして連れていかれたという。

どこに連れていかれたのか分からないし、その後、兼之助の消息は不明となった。

それから間もなくして、兼之助は向島の大川端で命を落とした。そのときはまだ志乃の知るところではなかった。

兼之助がいなくなったあとも、容赦のない取り立てがやってくる。今度は浪人たちとは異なり、やくざ無頼の輩が訪れるようになってきた。三十を過ぎているので、吉原は無理としても、場末の岡場所ならばいくらかになるとのつもりだろう。無頼の隙を見て、志乃は千太郎を連れて逃げに逃げた。

松千代の声も、くぐもって聞こえてくる。袖で目尻を拭いながら、もう一言があった。

「そのあとの、志乃さんと千太郎ちゃんのことは、推《お》して知るべしですね」

とうとう耐えきれず、大川の寒水に身を投げたのは、鉄五郎も瞼《まぶた》の裏に焼きついているところだ。

「そういう事情《わけ》ってことだ」

目を開き、鉄五郎が声を振り絞った。浩太とお香代は、頭が上げられず嗚咽《おえつ》を漏らすだけだ。その二人に、鉄五郎が話しかける。

「どうだ、これを聞いたらあんたらもどうにかしなくてはと思うだろう？」

「はい」

「分かります」

大きくうなずき、短い言葉が添えられた。

「それで、黒川家の騙《かた》りに嵌《はま》った浪人たちが、まだまだたくさんにいるってことだ。もう、一人一人訪ねて聞き込みしてもらちが明かんだろ」

「ならば、どうやって証しをつかむのですか？」

松千代が、洟《はな》を啜りながら問うた。

「そんなのは、志乃さんの話で充分だ。一つか二つ裏が取れればいい。そしたらあとは、黒川家をぶっ潰すだけだ。おい、二人とも泣いてる暇はねえぞ」

鉄五郎の呼びかけに、浩太とお香代の顔が上を向いた。

「おい、お松。三味線を持ってきてくれ」

かしこまりましたと、松千代が三味線を取りに行く。

「ところで、志乃さんが四日もいなくなったというわけは？」

「それは、こういう事情からだ」

浩太の問いに、鉄五郎が語る。

「昼間に、志乃さんのところに訪れた女というのは、やはり騙りに遭った浪人の奥方であった。三ツ木さんの奥方とは違う人だ」

そこに、松千代が三味線を二本抱えて戻ってきた。

「今、志乃さんたちがいなくなった理由《わけ》を話しているところだ」

三味線を弾く前に、鉄五郎の語りがつづく。

「この四日の間、志乃さんは千太郎を連れて、下総の実家に帰っていたそうだ。やはり女は、町で志乃さんを見かけて尾《つ》けたらしい。黒川家は無頼を雇い、まだ金の取立てをしているらしく、身を隠してもすぐに知れてしまうとのことだ。もっと、遠くに身を隠せとの助言であったという」

下総の実家に戻り八十両の無心をしたが、足軽上がりの下級武士である。到底工面などできるわけがない。そのまま居つくことも考えたが、やはり納得できない。

「このまま泣き寝入りするのも悔しいと、江戸に戻ってきたところでお松が訪れたのだ。そうだったな？」

「はい。あたしが訪れたときは、志乃さんも覚悟を決めたようで、すべてを語ってくれました」

「おれも、その話を聞いたときは涙が出たぜ。兼之助さんも、早まったことをしてくれたとな。だが、同じような憂き目に遭っている浪人さんたちが、まだまだたくさんいる。堪えられず、自ら命を絶った人たちは、ほかにも四人はいるそうだ。黒川家に殺されたと同じことだぜ。くーっ、我慢がならねえ」

怒りから、鉄五郎の顔が真っ赤である。

「こいつは、萬店屋の責任でもある。讀売屋のけつは、おれが拭いてやる」

「なんでもやりますぜ、鉄五郎さん」

「私も！」

浩太もお香代も、顔を真っ赤にして憤りを表している。

「よし。だったらこれから、三味線を聞かせてやる。新内恨み節だ」

鉄五郎が即興で作ったもので、松千代もまだ聞いたことがない。それでも、旋律が分かれば、それに調子を合わせることができる。

太棹三味線を構え、まずは鉄五郎が本調子を奏でる。それを、松千代が追う形となるが、二棹《ふたさお》の三味線がピタリとはまる。

〽誰に奏でるこの恨み節　この世にあるべき悪事ごと　涙で腫《は》らす
瞼《まぶた》の奥で　かくなる恨みに身を焦《こ》がす　かくなる覚悟に身を晒《さら》す
たとえ命が果てるとも　誰が許してやるものか　隅田の水の冷たさを
思いしらせて進ぜましょう　隅田の川にとっぷりと
あんたを沈めて進ぜましょう

『新内恨み節』を弾き語り、鉄五郎は三味線を膝元に置いた。

「こいつが、騙りに遭った浪人とその家族たちの気持ちだ。これを黒川家の馬鹿野郎どもに聴かせてやる」

浩太とお香代が、瞬《まばた》き一つ見せず、前を見据えて聴いていた。

「さてと、これからどうするかだ」

四人が車座となって、策が練られる。日付けが変わる深夜九ツを報せる鐘の音が、遠く聞こえてくる。それでも話は終わらない。それから半刻後、鉄五郎が締めの言葉を放つ。

「おれは、たとえ五万両がかかろうとやってやるつもりだ」

千両箱五十個は、蔵に積んである中の、ほんの一山である。

「ごっ、五万両！」

「そっ、そんなにですか？」

浩太は驚き、お香代は問う。

「この怨みを晴らすためなら、金に糸目は付けねえつもりだ。これは、萬店屋のせめてもの詫びだ」

萬店屋の財をもってして、黒川家を陥れる策。鉄五郎の頭の中で、ぼんやりとした絵が浮かんでいる。あとは、いくつかの裏を取るだけだ。

翌早朝から、鉄五郎たち四人は動いた。

鉄五郎は深川に赴き、三ツ木信三郎のもとを、再度訪れることにした。お松は、志乃のところに行き、しもた屋で匿《かくま》うことを告げる。そして、浩太とお香代は讀売屋に戻り、黒川家をできるだけ調べることにしている。

一度はそのままにしておこうと思ったものの、やはり信三郎には確かめたいことがあった。それを聞きに、鉄五郎は深川へと向かった。

深川今川町までは、新大橋《しんおおはし》を渡れば半里ほどだ。鉄五郎は、その間歩みを緩め、考えながら歩いた。急ぎたくはあったが、まだ朝八ツ前だ。他人《ひと》を訪ねるには早すぎる。

「……どうやって、黒川家を陥れようか」

考えながら、新大橋の中ほどへとやってきた。すると、鉄五郎の耳に掛矢《かけや》で杭を打ち込む音が聞こえてきた。職人の朝は早く、護岸の営繕工事がはじまったようだ。鉄五郎が音のするほうに目を向けると、鳶職《とび》らしき男衆が朝日に彫り物を晒し、掛矢を振るっている。まずは、足場を組む作業であった。紀伊松平家《きいまつだいら》の下屋敷から、小名木川《おなぎがわ》にかけての、普請であるらしい。「ご苦労なこった」と、鉄五郎は独りごちて新大橋を渡りきった。

大川沿いを、鉄五郎は南に足を向ける。護岸の工事現場まで来たときであった。仮設の下小屋から侍が二人出てきた。現場を仕切る、普請奉行の下役人たちらしい。鉄五郎は、聞くともなしにその二人の会話を拾った。

「神田橋《かんだばし》御門のほうは、どうなってるんだ？　半年以上も、工事が遅れているらしいぞ」

「ああ。工事資金の調達が、間に合わないらしい。お奉行が、だらしない大名だと怒っていた」

鉄五郎の耳に入ったのは、これだけであった。だが、中にあった二つの言葉で、鉄五郎の勘が働く。

「……半年……大名ってか」

呟くうちに、小名木川を渡った。そこから三町ほど下《しも》に、小名木川と並行する仙台堀の流れがある。そして、今川町の長屋で三ツ木信三郎と会った。

「きのう、志乃さんから話をすべて聞きました」

「そうであったか。だが、もう構わないでくれ」

端《はな》は拒否していたが、鉄五郎の話は聞いてくれた。それに対する、信三郎の言葉は少なかった。おおよそ、志乃が語っていたことと変わりはないと。髭面《ひげづら》なのは、取り立ての追っ手から面相を隠すためで、ふかし芋屋をやるのは糊口を凌ぐためである。

鉄五郎は、ここでも、一家三人の悲惨を見る思いとなった。

信三郎の証言に志乃との違いはなかった。それだけ確かめられればよい。

「必ず、元の生活に戻れるようにしますから、待っててください」

と言い残し、鉄五郎はそこから大伝馬町の讀売屋へと向かうことにした。

三

舟で向かえば、四半刻足らずで大伝馬町に着く。

相変わらず、讀売屋の仕事場はごった返している。「上がるよ」と、誰にともなく一声をかけ雪駄《せった》をぬいだ。勝手知ったる家とばかりと、奥へと入っていく。

「甚さん、ちょっと客間を貸してくれませんか」

仕事をしている甚八に、鉄五郎が声をかけた。

「いちいち断らなくたって構わねえよ。鉄さんの店でもあるからな。それで、何かつかんだかい？」

「かなりのことが分かりましたよ。ところで、浩太とお香代はいますかい？」

「ああ、いるよ。どうで、あいつら使えるかね？」

「ああ、充分役に立ってますよ。そうだ、甚さんも一緒に話を聞いてくれませんか」

「分かった。おい、浩太とお香代に客間に来いと言ってくれ」

若い衆に声をかけ、鉄五郎と甚八は西洋の間に入る。

「それで、どんな按配で？」

さっそく甚八の問いがあった。

「大まか分かりましたぜ。この事件の根っ子に、この讀売屋も関わっていた」

「なんだって！　この讀売屋が関わっていただと。いってえどういうことだい？」

驚きと訝《いぶか》しげな表情が一緒に出た、甚八の複雑な面相であった。

「それは、あとからゆっくりと話をするとして、甚さんは上州沼山藩の大名ってのを知ってるかい？」

「上州沼山ってえと、たしか藩主は黒川様……それが、どうしたと？」

「今、浩太とお香代が来れば分かります」

言ったところで、襖が開き二人が入ってきた。一人は浩太ではなく、三吉であった。

浩太は、急の用事ができて出かけたという。二人が、鉄五郎と向かい合って座る。隣に、大旦那の甚八がいるので、三吉が萎縮しているようだ。

「どうだ、何か分かったか？」

鉄五郎が、お香代に問いをかけた。

「ええ。ですが、これが関わりがあるかどうか分かりませんが、どうやら黒川家はご公儀から手伝普請の賦課を課せられていたようで」

「手伝普請を……？」

「その額、二万両ってところです。それが、なんのためかまでは分かりません」

お香代の言葉で、鉄五郎の顔が甚八に向いた。公儀と大名の関わりは、鉄五郎の知る範囲ではない。

「そんな手伝普請って、なんの理由もなくご公儀は急に課せるものですかね？」

甚八に向けての問いであった。

「あり得るな。例えば、千代田城の建替えとか、河川の修復工事とか」

「修復工事……？」

「何か、心当たりがあるとでも？」

「ええ。ちょっと、気になったことが」

鉄五郎は、今朝大川で見た護岸工事のことを語った。そのとき聞いた、役人の話までも。

「お香代、それと黒川家が関わりあるか、すぐに調べろ」

「はい、分かりました」

甚八の命《めい》に、お香代は立ち上がると、部屋から出ていく。その動きは、機敏であった。

「何があったんだい？」

お香代に命じたものの、まだ、深くは聞いてない甚八の問いであった。

「沼山藩黒川家が一丸となって、浪人たちを巻き込んでの騙《かた》りですよ」

「騙り……？」

「それについては、ここまでのことが分かった」

鉄五郎が、これまでの経緯を説いた。甚八が驚くのはともかく、三吉は顔を青白くして話を聞いていた。自分が讀売に報条を載せたとの思いが宿っているようだ。

「話は分かった。それで、鉄さんはこれからどうするつもりで？」

驚きが隠せないといった、甚八の顔だ。それと、讀売も絡んでいるとあっては、表情も渋る。

「黒川家に天誅《てんちゅう》を下してやる」

鉄五郎の、断言であった。

「どうやって？」

「今、絵を画いているところだ。できたら話をする」

「俺たちにも、手伝わせてくれるか？」

「当たり前だ。これは、萬店屋の責任でもある。おれたちがやらないで、誰がやるってので？　甚さんにも尻を拭ってもらわないと困る」

「たしかにそうだ。ずいぶんと、責任を感じてるよ」

甚八の言葉を聞いて、鉄五郎の顔は今まで黙ってうつむいている三吉に向いた。

「三吉さん……」

「へい」

「あの、仕官を求める報条の広目は誰から頼まれたもので？」

「あるお方を通して、黒川家の江戸留守居役……たしか大竹重兵衛《おおたけじゆうべえ》と名乗りました」

「大竹は分かったが、あるお方ってのは？　そいつが、肝心だぜ」

少し、凄みを利かせて鉄五郎が問うた。

「黙っていろと言われまして……讀売屋が、世話になっているお方で……」

「いいから、話しちまいな」

言いづらそうな三吉を、甚八がせっついた。

「お目付役の、田所聡十郎《たどころそうじゆうろう》様で」

「田所様……だと？」

「甚さんは、知ってるので？」

「もちろん。お目付役の中でも堅物で、そんな阿漕《あこぎ》なことをする人ではないと思ってたが」

甚八の首が、大きく傾いた。

「その、田所ってお目付に、すぐにも会えるか？」

「ならば、手前が行って……」

「いや、三吉さんは行かないほうがいい。黙っていろと言われたのだろ」

鉄五郎が、三吉の言葉を止めた。

「ええ。ですが、あの報条を載せたのは手前でして……」

「いや、三吉の代わりに俺が一緒に行く。今は出仕してるだろうから、今夕にでも、屋敷のほうに行ってみるか」

田所の屋敷は、うまい具合に西浜町《にしはまちよう》にある。鉄五郎のところとは、南に五町と離れていない。夕刻、甚八と共に訪れることにした。

間もなくお香代が戻ってきた。手に、数枚の讀売を握っている。卓の上に置き、一枚を開いて見せた。

「ここに、こんな話が載ってます」

半年ほど前に発行された、それは普請奉行が発した告示の記事であった。それを、お香代が声に出して読む。

「外濠の常盤橋御門から神田橋御門の護岸修復普請の為、当分の間堤の通行が不能となるので、迂回《ときわばし》されたし。ということが書いてあります」

単なる、お報せのような記事であった。そして、もう一枚を開いた。同じように、声を出して読む。先の讀売の、半月後に発行したものである。

「外濠の常盤橋御門から神田橋御門の護岸修復普請、少々遅れる気配。着工まで、堤の通行可能……となってます。そして、これが半月ほど前に出たものです」

言ってお香代は、三枚目を開いた。

「外濠の常盤橋御門から神田橋御門の護岸修復普請、未だ着工ならず。しばらくは、堤の通行可能……とあります」

お香代が、三枚目を読み終えた。

「これが、沼山藩黒川家と関わりがあるとすれば……」

「御手伝普請の金の捻出が、できていないってことか？」

鉄五郎の言葉に、甚八が乗せた。

「二万両を作るために、浪人たちを騙りに嵌《は》めたと。無理な資金調達……こいつに、間違いがないな」

　確信した、鉄五郎の口調であった。

「あとは、この裏取りだ。とりあえず甚さんと田所様のところに行きましょうや」

「そしたら、今夕七ツごろ俺が鉄さんとこに行きますぜ」

「そうしてくれると、ありがたい」

　鉄五郎が腰を低くして、甚八に頭を下げた。

「それで、私たちはこれから何を？」

「そうだな。この先は、始末を考えるだけだ。あとはおれたちに任せ、自分たちの仕事に戻ってくれ。用があったら、また呼ぶ。それまで、このことは誰にも話さないでいてくれ。三吉さんもだ」

「かしこまりました」

　お香代と三吉の声がそろった。鉄五郎の背後で、三吉の小声が聞こえる。

「お香代。あの、鉄五郎ってお人はいったい誰なんだい？」

「萬店屋の統帥。黙っててね」

「なんだと！」

鉄五郎の耳に、三吉の驚く声が届いた。

甚八が訪れる夕刻まで、鉄五郎は高砂町の家で過ごすことにした。

志乃たちを呼びに行った松千代は、まだ戻っていない。

落ち着いて、この先の絵をどう画くか考えるつもりであった。藩主黒川高純を、土下座させただけでは飽き足らない。黒川家がひっくり返るほどの、鉄槌《てっつい》をくだしてやる。これが、鉄五郎の望みであった。

「……そうしてやるには、どうしたらいいのか？」

部屋の真ん中に、大の字に寝っ転がり、天井の節目を見ながらブツブツと呟いている。

「ただ、この馬鹿野郎って怒鳴ってやっても効かねえだろうな。相手が、大名じゃ」

大名相手に町人が怒鳴っても、無礼討ちに遭うだけだ。

「それにしても、ご公儀下命の護岸普請をよく半年も延ばせる……ん？」

鉄五郎の脳裏に、稲妻のごとく閃《ひらめ》くものがあった。

「そうか、この手だ！」

声と同時に、上半身を起こしたそこに、

「ただ今……帰ってるのかい？」

母家の戸口先から、松千代の声が聞こえてきた。

「ああ、いるよ」

立ち上がることなく、鉄五郎は大声を返した。すると、廊下を伝って足音が聞こえてくる。障子戸を開いたのは、千太郎であった。

「おお、来たか」

「おじちゃん……」

千太郎が、鉄五郎の首に纏《まと》わりついた。命の恩人と、子供ながらに感じているらしい。千太郎にとって、鉄五郎に対する最大の敬愛を示す仕草であった。

「これ千太郎、行儀の悪い」

志乃からたしなめられ、千太郎は鉄五郎の正面に座り直すと、武士の子らしく、畳に手をつき拝礼をした。

「まあ、いいではないですか。千太郎、そんな気の使い方は、ここではしなくていいんだぞ」

それは、志乃にも言い含めるような鉄五郎の言葉の響きであった。

「ありがとうございます」

畳に手をつき、志乃が礼を言う。

「今、気を使うなと言ったばかりです。もうすぐ、気の休まる生活が待ってますから、それまでここでゆっくりとなさっていてください」

志乃と千太郎には、庭の見える奥の六畳間を与えた。母子がそこに移ってから、鉄五郎と松千代が向かい合った。

「おおよそ先は見えてきた。これからが本番だぞ、お松」

「さて、どんなことがお分かりになったと？」

鉄五郎は、要点をお松に聞かせた。

「そうなると、いよいよですね」

「ああ、今しがた、大名を陥れる絵ができた」

「まあ、どんな絵でございましょ？」

「そいつは、あとでだ」

含む笑いを見せて、鉄五郎は言葉を置いた、

# 四

夕七ツを報せる鐘が、本撞きの五つ目を鳴らしたところで甚八が訪れてきた。

「まだ、行くのは早いだろうな。その前に、ちょっと話をしていこう」

「おれも、甚さんに話したいことがあった」

鉄五郎の居間で、向かい合う。松千代は、茶を淹《い》れるため勝手場にあった。

「甚さんの話から聞こうか」

「ならば……」

と言って、甚八が居ずまいを正す。

「これから行く、田所様のことなんだが。そんな、悪事の片棒を担ぐような、大それたことをする人じゃないと、俺は思ってるんだ」

「先刻、そのようなことを言ってたな」

「ああ。真面目で石灯籠《いしどうろう》のような堅物が、着物を着て歩いているような人だから。そこが、なんとも腑《ふ》に落ちなくて……」

若年寄《わかどしより》支配の目付は、旗本や御家人を監察し、統率する公儀の要職の立場にある。

定員は十名ほどで、田所聡十郎もその一人である。その中でも、とくに堅物であるとの評判が立つ男であった。

「だからこそってことも、あるだろうな」

「ほう。鉄さんはどうして、そうに思える？」

「そんな堅物だからこそ、黒川家は利用したのだろうよ。浪人たちが、一人でも少なくなるようにと、江戸留守居役の大竹とかいう奴にそそのかされて……」

「それで、気脈の通じる讀売屋を紹介したってわけか」

情報を得るため、讀売屋を利用する目付もいる。

「話を聞いてみないと分からないが、甚さんが思うような人なら、そう考えてもいいのではと。だったら、使えるかもな」

ここでも、鉄五郎の含む笑いがあった。

「使えるとは？」

「田所様が、こちらについてくれたらやりやすい」

「鉄さんは、何を考えているんで？」

「黒川家をひっくり返してやろうと、大芝居打つんでさあ。ええ、おれたちは所詮《しょせん》は町人なんで、面と向かっては、大名に太刀打ちができねえ」

鉄五郎が興奮すると、言葉が伝法になる。

「大芝居ってのは……？」

興が湧くか、甚八が体を乗り出してきた。

「おれはそいつに、萬店屋の財産をつぎ込んでやろうと思ってる。そして黒川家を、お家断絶まで追い込む。そこでだ、甚さんだけにおれの画いた絵を聞かせておくぜ。いろいろと、やってもらわなくてはいけないからな」

「分かった。その画いた絵ってのを聞かせてもらおうじゃないか」

それから四半刻ほどをかけ、鉄五郎は甚八だけに考えを語った。

「そいつは、大仕掛けだ。そんなことが……いや、萬店屋の財と力があればできるか」

「蔵の鍵は、おれが握ってる。その中の物を、ちょいと使わせてもらおうってことでさ」

「なるほどなあ」

大きく息を吐いて、甚八は得心のほどを示した。

「そろそろ、行きますかい」

鉄五郎の促しに二人は立ち上がると、田所聡十郎のもとへと向かった。

暮六《くれ》ツまで、四半刻《しはんとき》ほど残すところで田所の屋敷の門前に立った。

目付役ともなれば、門番の一人は立っている。幸いにも、帰館したばかりだという。

「讀売三善屋の甚八が目通りいただきたいと、田所様におっしゃっていただけますか」

甚八が、田所聡十郎に面会を申し入れた。さして間もなく、門番は家来を一人連れて戻ってきた。

「殿は、お会いすると申されておる。こちらに……」

家来に案内されて、田所の居間へと鉄五郎と甚八が入った。礼を失しないようにと、二人は袴をつけずとも、羽織を纏っての商人のいでたちであった。

しばし待たされ、客間の襖が開いた。

「おう、甚八か。久しぶりだの」

鉄五郎は初対面である。顔を向けると、四十歳前後の、四角い顔の男が面前にあった。面相からして、堅物そうである。

「おや、一人ではないのか？」

「はい。きょうは、田所様にお話ししたいことがございまして……このお方は……」

「ちょっと、待て。このお方って言い方は、まだ甚八に比べ齢《とし》が相当若いと思われるが?」

「はい。手前どもの主で、このたび萬店屋の統師となられたお方です」

身分を隠しておいては先が成り立たないと、明かすことにしてある。

「はじめまして、手前萬店屋の統師として、三善屋全店を預かる鉄五郎と申します。これからも、よしなに」

田所に向けて、鉄五郎が丁寧に拝礼をした。

「萬店屋の……これは驚いた。どうぞ、頭を上げてくれ。こちらこそ、よしなにと願いたいところだ」

萬店屋の統師ともなれば、目付あたりでは逆に頭が上がらないらしい。少し崩れた脚を、田所はそろえ直した。

「田所様には、世の中のためと、讀売屋にお力添えしていただいております」

「左様ですか。それは、ありがたいことで。手前からも御礼を申し上げます」

「そんな、礼などと。こちらも、いろいろと知りたいことを伝授してもらえるので、助かっている。ところで、甚八の話というのは?」

田所の言葉遣いが、鉄五郎と甚八に向けて異なる。

「はい。実は、半年ほど前、田所様は手前どもを含め、讀売屋の者たちに黒川家を紹介し……」

「ちょっと待て、甚八」

掌《てのひら》を差し向けて、田所は甚八の言葉を制した。

「そのことならば、おおよそ言いたいことは分かっておる。実は、そのことでわしも話したいことがあったのだ」

田所の、四角い顔の眉間に縦皺が刻まれた。難しげな表情である。

「わしは、大変なことを仕出かしてしまった」

語りの内容は、田所の後悔であった。

「讀売屋を、江戸留守居役の大竹重兵衛に紹介したばかりに、江戸中の浪人たちが難儀に遭っておる。どうにかしようと思ったところで、目付では手の届かないところに事態は行ってしまった。甚八の話というのは、そのことであろう？」

「まったく、そのとおりでございます。お目付役様がそう思われておられるのでしたら、話が早い。萬店屋の力で、その浪人たちを救ってやろうというのが、このたびの話でございまして」

答えたのは、鉄五郎である。

「萬店屋の力でだと……？」

「黒川家の悪事に鉄槌《てっつい》を下すために、田所様にもお力添えいただけないかと……」

鉄五郎が、畳に手をついて田所に助勢を求めた。

「拙者は、何をすればよいと？」

「手前と大竹重兵衛様を、田所様からお引き合わせいただきたいと。その手はずについては……ちょっと、ご無礼」

言って鉄五郎は、二膝ほど進ませ田所に近づいた。耳打ちするように、小声で手はずを語る。

「そのくらいならば、お安いご用だ。ただ、相手の都合も聞かなくてはならんでな。明日にでも聞いておくが、返事はいかようにして……？」

「でしたら、明日、また改めて手前がうかがいます。この刻限でよろしいでしょうか？」

「戻ってきていると思うが、万一戻らぬときは……いや、何があっても戻っておるようにしよう」

目付役の力添えを得て、鉄五郎と甚八はその場を辞した。

暮六ツも四半刻が過ぎて、とっぷりと日が暮れている。田所家から提灯《ちょうちん》を借りて、足元を照らして歩く。

「あさっての朝、浩太とお香代それと三吉さんをよこしてもらえないですか。できれば、甚さんも……」

それまでは、田所の返事が聞けているだろう。大仕掛けに向けて、動き出す。

「ええ。俺もそのつもりで、もちろんいるよ。これからの、段取りを話そうってのだな」

「そういうことだ。あとは、黒川家の重鎮を、どうして丸め込むか。その芝居の筋立てを、今夜にでも考えておきますわ」

話しながら、中村屋の芝居小屋がある堺町《さかいちょう》の辻へと来た。その辻を右に曲がれば、高砂町である。甚八は真っ直ぐ進み、鉄五郎は右に道を取った。

この夜、鉄五郎と松千代は、久しぶりに新内を流して歩いた。お呼びが二度ほどかかり、二節《ふたふし》ほど聴かせるところの夜の稼ぎは六十文ほどとなった。

丸一日が経ち、鉄五郎は田所聡十郎の屋敷へと再び赴いた。

「田所様は、お戻りでしょうか？」

「おお、きのう来た者か。殿から話は聞いておるでの……」

すんなりと、田所と目通りをすることができた。

「統帥の話は伝えておきましたぞ。喜んで会ってくれるそうだ。江戸家老も同席するとも言っておった。それで、明後日《あさって》の夜、日本橋伊勢町の料亭花菱《はなびし》でお待ちしていると伝えておいた」

伊勢町の料亭花菱は、江戸でも一、二を競う老舗《しにせ》の料理屋である。ただ、鉄五郎は客としては一度も行ったことがない。座敷に上がったのは、新内流しとして呼ばれたときだけである。以前、父親の善十郎と再会をした料亭であった。

「ご雑作をおかけいたしました。それと、もう一つ田所様にお願いが……」

「拙者にできることなら、なんなりと」

「普請奉行の米田左内《よねださない》様を、ご存じでございましょうか？」

「むろん、知っておる。目付は、旗本を監視する役目だからの。その、米田様に何を……？」

「できましたら、その花菱に明日の夜お越しいただけるよう、田所様のほうからお伝えいただきたいのですが」

普請奉行の米田は、鉄五郎もよく知る男であった。新内節を好み、米田が仕切る席で、花菱の座敷に呼ばれたこともあった。ただ、この際は、目付である田所の頼みとして伝えてもらったほうが事は進みやすいと、鉄五郎は思ったからだ。

「それは構わぬが、何をいたそうと？」

「米田様も来ていただければ、そこで話をしたいと考えております」

「よかろう。何が語られるか分からぬが、黒川家の悪事に鉄槌を下すことならなんでも協力しようぞ」

「ありがとう存じます。それでは、明日……」

深く頭を下げ、鉄五郎は米田のもとを辞した。

## 五

翌日の朝。

甚八が浩太とお香代、そして三吉を連れて鉄五郎のもとへとやってきた。

「ご苦労さまです」

鉄五郎が四人を居間へと導くと、そこにはすでに、萬店屋の大番頭多左衛門と手代の清吉が待っていた。甚八たちに労《ねぎら》いの声をかけたのは、多左衛門であった。この二人には、前日のうちに事情をすべて話してある。鉄五郎が描いた策に、多左衛門は「――大変なことをお考えで」と驚愕するものの、清吉に二万両の金を運ぶように命じた。そういう次第で、すでに二人には事の経緯と今後の策を語り、同意を取りつけてある。

松千代を交え、八人が車座となって座る。

「田所様とは、段取りをつけておいた。今夜、料亭花菱に普請奉行の米田様を呼んでもらえるよう、話をつけてくれると。それと明日の夜に、黒川家の家老と江戸留守居役の大竹が、喜んで来てくれるとの返事をもらえました」

甚八に向けて、鉄五郎が語った。

「いよいよですな」

それには、大きくうなずき、甚八が応じた。

「いったい、何をなさるんです？」

細かくは、讀売屋の若い衆三人には伝えていない。それを、これから語るところだ。

「お松、襖を開けてくれ」

「はい」

返事をして、松千代が隣部屋を仕切る襖を開けた。前住人の、仏間だった部屋である。そこに置かれてある物に、四人は仰天《ぎょうてん》の目を凝らす。木箱が二十個、二列十段になって積まれている。

「きのう、本家から運んだ物だ。一箱千両入っている。とりあえず、二万両……」

初めて見る大金に、目は仰天、体が固まって讀売屋の四人からは声が出ない。

「こいつを、黒川家にくれてやろうと思ってる。ただし、条件を一つつける」

「じょ、条件とは……？」

震える声で、浩太が訊いた。

「その代わり、潰《つぶ》れてもらう」

低く押し殺す、鉄五郎の凄みのある声音に、一同の顔が青ざめて見える。

「どのようにして、潰すんで？」

「その手はずを、これから語るのだ」

鉄五郎の、重い言葉の響きに、讀売屋の四人と、萬店屋の二人はゴクリと生唾《なまつば》を呑んだ。

鉄五郎の語りが進むうちに、脂汗《あぶらあせ》を掻く者もいれば、体に震えを帯びている者もいる。

「そういった段取りでいこうと思うけど、どうだい？」

四半刻ほどをかけて、手はずが語られた。語りの締めに、鉄五郎の問いがあった。

だが、それにすぐに答えられる者はいない。

「どうだい、浩太は？」

鉄五郎が、名指しで問う。

「ちょっと、話がでかすぎて……」

「お香代は？」

「少し、考えさせてください」

「三吉さんは？」

「へえ。おもしろいとは思いますが、ちょっと金がかかり過ぎるんでは」

「金なんて、いくらかかったってかまわねえ。だが、こいつは無駄金ではないぞ。これまでに分かっているところでも、黒川家の騙りのために五人が命を絶ち、三人が絶とうとした。それと、まだまだ困窮している人たちが大勢いる。それらの人たちの意趣と怨念を晴らし、元の平穏を取り戻してやるためだったら、そんなのは安いもんだ。それに、これは萬店屋として、やらなくてはいけないことでもある」

鉄五郎の、口から唾を飛ばしての熱い語りに、若い三人は大きくうなずきを見せた。

「分かりましたぜ」

「やってやりますとも」

「任せておくんなさい」

三様の返事を聞いて、鉄五郎と甚八は顔を見合わせ、うなずき合った。萬店屋の二人は終始無言で、鉄五郎の言葉にときおりうなずいている。

「相手に『新内怨み節』を、たっぷりと聴かせてあげるわ」

松千代が、不敵な笑みを浮かべて言った。そこに、千太郎がやってきた。

「おじちゃん、あの箱なあに？」

詰まれた千両箱を指差しながら、鉄五郎に問うた。

「ああ、あれか。ぶつかると痛いものだ。危ないから、千太郎はあっちに行ってな」

「はい、分かった」

千太郎が去って、話は段取りに入った。それに、さらに半刻が費やされ、面々は、さっそく諸々の手配のために動き出すことになる。

萬店屋の手代清吉によって、料亭花菱の中でも一番上等の部屋が用意されている。

暮六ツになり、すでに目付の田所と、普請奉行の米田は向かい合って一献酌み交わしている。禄高からして、米田のほうが上座に座る立場であった。

「目付殿から話とは、いかなることでございましょうかな？　当方の家来が何か仕出かしたかと、いささか気になっておりますが」

「そんなことでしたら、こういったところにお奉行を呼んだりはいたしません。もう少々、お待ちくださ い。今、お引き合わせしたいお方がございますので」

　言って田所は、米田の杯に酒を注いだ。

「誰だね、いったい？」

「もう間もなく、来られると思われます」

　そんなやり取りが交わされているとき、料亭の玄関先では、鉄五郎と女将が向かい合っていた。

「あれ、弁天太夫じゃないかい。どなたかに、呼ばれているのかい？」

　女将は、鉄五郎の顔を知っている。だが、萬店屋の統帥であることは知らない。

「いえ、今夜は新内ではなく、普請奉行の米田様がこちらに来ていると……」

「ええ。それで、米田様に何か？」

　町人の身形《みなり》では、すんなりと通してくれない。萬店屋の統帥と、身分を明かせないのが辛いところだ。

「その部屋は、萬店屋さんが取っている部屋で……そうだ、まだ萬店屋さんのお方は見えてないわねえ。たしか、鉄五郎さんというお方が来ると、手代さんが言ってましたけど」

「その鉄五郎ってのが、手前でして」

「あら、あんた鉄五郎って名だったのかい？　弁天太夫としか、聞いたことがなかった」

「ええ、そうです。これからも、お引き立てを。そうだ、あしたも来ますのでよろしく頼みます」

「えっ？　ということは……。左様でしたか。こんなところで、お引止めして申しわけございません。どうぞ、お上がりになって……これお花《はな》、お客様を鶴《つる》の間にご案内して」

仲居のあとにつき、鉄五郎は長い外廊下を歩いている。客として花菱に上がるのは初めてである。薄暮の中に見える、手入れの行き届いた庭が、料亭の格を一際引き立てているように鉄五郎は思えた。

「お客様をお連れしました」

襖越しに、お花と呼ばれた仲居が声を投げた。「どうぞ……」との声は、田所のものであった。ゆっくりと襖が開き、鉄五郎が中に入った。畳に手をつき、拝礼をする。

「お待たせいたしまして、申しわけございません」

「あれ、弁天太夫ではないか？　新内を呼んだ憶えはないぞ」

「実は、お奉行をお呼びしましたのは、この鉄五郎でして……」

答えたのは、田所である。

「お忙しいところ、お呼び立てしまして恐縮でございます。今夜は新内でなく、普請奉行の米田様にお力添えをいただきたく……」

「力添えだと。いったい何をしようというのだ？」

すでに料理は配膳されている。鉄五郎は、田所と隣り合って座った。まずは一献と米田の杯に酌をする。返盃を受けずに、鉄五郎は語り出した。

「明日花菱《ここ》に、沼山藩黒川家のご家老と、江戸留守居役の大竹様がまいられます」

「黒川様の……それが、鉄五郎と何の関わりがあるのだ？」

「今、黒川家は、ご公儀から外濠の常盤橋御門から神田橋御門の、護岸修復普請を命じられているのではございませんか？」

「なぜに、そんなことを？」

「それがまだ、着工もできずにおられると」

「その供出資金がないということで、半年の猶予を与えたが、またも延期を申し出てきた。ご老中にどうやって話をしようかと、ほとほとこちらも困っておるのだ」

米田の困惑顔が、怪訝なものへと変わった。

「ん……はて、新内流しごときが、なぜにそんなことを気にしておるのだ？」

「実は、黒川様は……」

鉄五郎は、黒川家がいかにして資金を調達しているのか、浪人を騙す、画策手段を、時をかけて詳しく語った。

「拙者も、その件に関しては、いささか責任を感じておりますので、このたび鉄五郎の話に乗った次第でございます」

田所の、補足があった。

「詐欺まがい……いや、これはどっからみても騙りだ。もしそれが本当ならば、聞き捨てならんな。それで、鉄五郎はどうしようというのだ？」

「明日、新内怨み節を聴かせてやろうと思ってます。その上で……」

鉄五郎が体を前に乗り出すと、米田と田所の体も前のめりになった。

「黒川家は、すぐにも普請工事の着工に入るでしょう。萬店屋が、金を出しますので」

「萬店屋が、金を出すだと！　新内流しの分際で、どうしてそんなことが言える？」

驚きと怪訝で、米田の表情がクルクルと変わる。その問いに、鉄五郎は小さくうなずく。ここは米田にも、身分を知ってもらう必要があると、鉄五郎は思った。

「実はこのたび、萬店屋の統帥に手前がなったものですから」

「なんだと！　弁天太夫が萬店屋の統帥だというのか。本当なのか、田所殿？」

「本当です」

田所が、大きくうなずいて答えた。

「そこで、外濠の常盤橋御門から神田橋御門の護岸修復の普請工事は、萬店屋が全面請け負います」

「ほう、萬店屋がか。ならば、当方には依存はないぞ」

「実は、それにつきまして大事な話がございます」

「大事な話だと？」

ここで鉄五郎は、米田に向けてこれからの策を語った。黒川家の陰謀の触りには、米田も驚きを隠せないで聞いていた。そして、今後の策についての件《くだり》では、いく分笑みを浮かべている。

「米田様と田所様、そしてどなたか大目付様にご協力いただければ、ご公儀に一万五千両を萬店屋から寄進いたします」

「一万五千両もか……」

ゴクリと、米田の咽喉《のどぼとけ》が鳴った。

「それだけではございません。外濠のまともな護岸工事に掛かる費用も、萬店屋が出すことにします」

沼山藩黒川家を貶める資金とは別に、正規の護岸工事に二万両を供出すると鉄五郎は豪語する。

「都合、三万五千両か……」

額の大きさに、米田と田所の開いた口が塞がらない。

「まさに、桁違いの大富豪だな」

ようやく米田の口から言葉が漏れた。

「その二万両で、黒川家とは別のお大名に、改めて護岸工事をお命じいただければよろしいものかと」

鉄五郎が、ご公儀に向けて提案を持ちかけた。

「いかがでございましょう、米田様。目付ごときが言う台詞ではありませんが、そんな悪徳大名をのさばらせておいては、世間に示しがつきませんぞ」

目付の田所が、どんと普請奉行米田の背中を圧《お》した。

「なるほどのう、これは公儀にとっても得策である。そういうことなら、身共らも力を貸そうぞ。それほどの大仕掛けは江戸一番、いや日ノ本一といわれる大店の、萬店屋でしかできんだろうからな。それにしても黒川様は、卑怯にもほどがあるな」

米田も憤りを感じるか、ぐっと一息に酒を呑み干した。これで、公儀の後ろ盾ができたと、鉄五郎も米田に倣《なら》い一気に杯を空けた。

「どうやら、お奉行の同意は取り付けられましたな」

「おかげさまで……」

言って鉄五郎は、田所の杯に酒を注いだ。

「それにしても驚いたぞ。弁天太夫が萬店屋の統帥とはな。しかも、これほどの大人物とは思ってもおらなんだ」

「はい。ですが、新内流しをやめるつもりは毛頭ございません」

「大富豪の、新内流しか。なんだか、興が削がれるな」

「ですから、新内を聴いているときは、萬店屋をお忘れになってください」

言って鉄五郎は、米田の杯に酒を注いだ。

これから、公儀重鎮を巻き込んでの、大仕掛けがはじまる。その前に、もう一つ布石を打っておかなくてはならない。黒川家重鎮と相対し、新内節を聴かせてやるのが、その手順であった。

六

そして、翌日の暮六ツ。

料亭花菱では最上級の鶴の間で、金糸銀糸織りの煌びやかな羽織袴を纏った、身分の高き武士が三人、席を取っていた。

床の間を背にして座るは、黒川家八代当主黒川備中守高純である。齢は三十前後と若い。働き盛りの血気が、もろに顔に表れている。

「まだ来ないか萬店屋は。余を待たすとは、不届千万だな」

四半刻ほど待たされ、高純の怒りは頂点に達していた。

「間もなく、まいると思われます」

怒る当主に恐縮し、体を小さくして言ったのは、江戸留守居役の大竹重兵衛であった。

「殿、萬店屋は当家のために金の供出を……」

高純の怒りを鎮《しず》めたのは、隣に座る家老であった。名を、山岡大全《やまおかだいぜん》という。四十代半ばの、痩せぎすで神経質そうな男である。

「そうであったな、山岡。ああいう、太い金主《きんしゅ》は大事にせねばならんからの、ここは我慢であった」

金の供出の件は、田所の口から江戸留守居役の大竹に話が通してある。

下座には屛風《びょうぶ》がめぐらせてある。芸妓《げいぎ》を呼べば、その前が踊りの舞台となる。

「もうしばらく……」

大竹が、高純に向けて言ったところで、べべべベンと太棹三味線の音が、屛風の裏から鳴り出した。

「なんだ。三味線の余興など、頼んだ憶えはないぞ」

大竹が、振り向きざまに言った。それにお構いなく、本調子に合わせ二上がり三味線の音が重なる。そこに、新内節の語りが入った。

〽誰に奏でるこの恨み節　この世にあるべき悪事ごと　涙で腫らす
瞼の奥でかくなる恨みに身を焦がす　かくなる覚悟に身を晒す
たとえ命が果てるとも……

「誰だ！　部屋を間違えているのではあるまいな」

大竹の声で、三味線と語りが止まった。

「お待たせいたしました」

屏風の裏から、鉄五郎だけが顔を現した。屏風の裏には、松千代と甚八が隠れて、やり取りを聴いている。

「誰だ、貴様は？　新内など呼んではいないぞ」

「申しわけございません。手前は、萬店屋の主で鉄五郎と申します」

「そなたが萬店屋の主であったか」

「はい。ほんのお近づきの印として、道楽でもある新内の触りを聴いていただきました。おや、お三人で……」

「おい、頭が高い。こちらのお方は、沼山藩ご当主黒川高純様であられるぞ」

呼んでもいない藩主までも来ている。鉄五郎は、内心ほくそ笑んだ。

「ご無礼をいたしました」

大竹のたしなめに、鉄五郎は、額を畳につけて拝謁した。

「そんな、挨拶などよい。萬店屋とやら、ちこう寄れ」

鉄五郎は中腰となって、黒川高純と二間の間を取って向かい合った。

「お殿様直々《じきじき》のお出ましとは、痛み入ります」

「いや、大竹から聞いての。こたび萬店屋が、沼山藩黒川家のために、公儀から課せられた、手伝普請《てつだいぶしん》の金を出してくれると申すではないか」

「はい。ですが金銭ではなく、外濠の常盤橋御門から神田橋御門の護岸修復普請工事に掛かる人工《にんく》出しと、工事資材に関わる一切を用立てするという話でございます。その見積もりが、およそ二万両ということでして。それをとりあえず……」

「なんにしろ、黒川家としては大助かりだ。財政難の折、どうしても工事費用が工面できぬでな、猶予を与えてもらっている。だが、その期限も限界にきているでの、やんやと公儀から突っつかれておるところだ。のう山岡、ここに来て用立ててくれるとは、まことありがたいことよのう」

「御意。して、萬店屋……」

「はい」

「普請に掛かる費用に関して、まことに黒川家からは一切出さぬでよいのであるな？」

家老の山岡が、それでもまだ、半信半疑という顔で問うた。

「はい。今もお殿様に申し上げましたとおり、すべて当方で賄《まかな》います」

「金は、返さないでもよいというのだな？」

しつこいくらいの、山岡の問いが重なる。

「はい。いく度も申し上げますが、すべて当方にお任せを。御家からは、職人、人夫を差配監督する人員だけをご用意していただければと存じます」

鉄五郎は、顔に笑みを浮かべて答えた。

「それならば、すでに用意してある。一切の指揮を取るのは、当家普請奉行の村上丹《むらかみたん》善《ぜん》という者だ」

「ならば、普請奉行の村上様に、すぐにこちらは準備を調《ととの》えますのでとだけ、お伝えいただければよろしいものと」

「助かるが、萬店屋では、なぜにそれほどまで黒川家に肩入れをしてくれるのか？」

黒川高純の、直々の問いであった。

「はい。相当財政にお困りのご様子とお聞きしまして。ならば、お救いせねばと……いえ、黒川様をお救いするとは、これは慢心、出過ぎたもの言いでございました。実は、護岸工事を急ぎませんと、石垣が崩壊する怖れがあると。もし、地揺れなどがあって護岸が崩れましたら、日本橋から神田一帯が水没してしまいます。そのためにも、すぐに着工いたしませんとと思い、でしゃばらせていただいた次第です」

「ほう、災害を見越してか。偉いことよのう。ならば、萬店屋に頼むとするかのう、山岡に大竹」

「御意《ぎょい》。だが、萬店屋。掛かる費用の見返りに、何を望んでおる？」

問いが、大竹から発せられた。

「見返りに望むものは、何もございません。今申し上げましたとおり、早く着工をして江戸を水害から守りたいと。ただ、それだけの一念でございます」

「もういいではないか、大竹。ここは、ありがたく好意を受け取ろうぞ。萬店屋にとっては、二万両なんて、どうせ微々たる金であろうからの」

「お殿様の、仰せのとおりでございます。それでは、沼山藩黒川様のご依頼ということで、工事にかかる人工と資財の用意一切を引き受けさせていただきます」

かくして、外濠の常盤橋御門から神田橋御門の護岸修復普請工事は、黒川家の依頼で、指揮以外をすべて萬店屋が請け負うことになった。

話が決まれば、酒宴となる。

「萬店屋、ちこう寄れ」

高純が手招きをすると、山岡が立ち上がり席を空けた。

「余の隣に来て、酒を呑み交わそうぞ」

鉄五郎は、言われたとおり高純の隣に座ると、二度三度酒を酌み交わした。

「そうだ萬店屋。先ほどの新内、途中であったな。最後まで、聞かせてくれんか？」

「かしこまりました。そう思いまして、相方を屏風の裏に待たせております」

言って立ち上がると、鉄五郎は屏風の前に座り直した。

屏風の裏から、三味線を二棹持った松千代が姿を現す。裃《かみしも》を纏《まと》った女太夫の姿である。

口上もなく、ベベンと、一の糸の調律を合わせ本番に入る。一礼をして、本調子の太棹三味線が高鳴った。少し遅れて、松千代の三味線が調子を合わせる。

〽誰に奏でるこの恨み節　この世にあるべき悪事ごと　涙で腫らす
瞼の奥で　かくなる恨みに身を焦がす　かくなる覚悟に身を晒す
たとえ命が果てるとも　誰が許してやるものか
隅田の水の冷たさを　思いしらせて進ぜましょう
隅田の川にとっぷりと　あんたを沈めて進ぜましょう
向こふに見えるは深川の　萬年橋《まんねんばし》から上の橋　太鼓《たいこ》の橋に立つ逢瀬《おうせ》

　儚《はかな》き命と引き換えに　仇花真っ赤に咲かせます
　それでも足りぬと申すなら　かわいいわが子を道連れに……

　黒川家の当主と重鎮たちに聞かせる『新内怨み節』の、もの悲しい旋律であった。真正面を見据えて語る鉄五郎の目は、重鎮と酒を酌み交わす黒川高純をとらえている。高純の顔が向いてはいても、最初から新内の語りなど耳に入っていないのが分かる。一際陰鬱な演《だ》し物にもかかわらず、御手伝普請の目処《めど》が立って喜ぶか、笑いさえ浮かべている。そのうち、家老と留守居役を相手に雑談もはじまる。それにも構わず、鉄五郎は弾き語りをつづける。やがて、陰気な余韻を残して、新内怨み節の語りが終わった。

「よかったぞ、萬店屋」

　金のための、賛辞と拍手であった。世辞であるのが、よく分かる。

　――まったく聴いてなんぞなかったくせに。

「お粗末さまでございました」

　思いを内に秘め、鉄五郎と松千代は頭を下げた。

「それでは、手前どもはこれにて失礼をさせていただきます」

「そうか、ご苦労であったの。工事のほう、よしなに頼むぞ」

「かしこまって、ござりまする」

三味線を抱え、鉄五郎とお松は部屋から出ていく。そのあとの、会話である。

「殿、よろしゅうございましたな」

高純の杯に、酌をしながら家老の山岡が言った。

「ああ、ほっとしたぞ。これで公儀への、賦課金は出さなくて済む。だが、まだまだ金は足らん」

「大竹、何をぐずぐずしておる。金を貸している浪人どもから、どんなに厳しくしても構わん、どんどんと取り立てろ。殿が、まだまだ足らんと申しておるぞ。外濠の護岸工事より大事な、天守新築普請を忘れてはならんぞ」

高純の言葉を受け、山岡が大竹に向けて発破《はっぱ》をかけた。

「はっ。さらに厳しく、取り立ててまいります」

大竹が杯を膳に置き、深く腰を曲げた。

屏風の裏で、讀売屋の甚八が聞き耳を立てている。

鶴の間とは少し離れた部屋に、三の膳までついた料理が三人分調《ととの》えられている。

鉄太郎と松千代が、差し向かいになって酒を酌み交わしている。空いている膳は、甚八を待つものだ。

「それにしてもあの人たち、ぜんぜん新内を聴いてませんでしたね」

「ああ。あれをまともに聴いてたら、おそらく心中《しんちゅう》穏やかじゃなかっただろうな。いくらお涙物といっても、おれもあんな暗い新内を語ったのは初めてだ」

「それにしても、即興で作ったにしては、うまくできてましたね」

「いや、この三味線がどんどん語りを作ってくれてな、さして考えもせずに言葉が出てきた。お松も、うまく三味線を合わせてくれたな」

「いえ。こちらも勝手に手が動き、三味線がついていくのです」

「そういうことって、あるんだなあ」

不思議なものだと、鉄五郎は小首を傾げた。

「まあ、一献……」

松千代が、銚子の口を鉄五郎の杯に向けた。しばらくして「よろしいですかい？」と、襖の外から甚八の声がかかった。

「待ってましたわ」

と、松千代が返す。

膳に甚八が落ち着くと、鉄五郎が乾杯の音頭を取った。二、三度酌のやり取りをしてから、鉄五郎が問う。

「おれたちが去ったあと、何か言ってやせんでしたか？」

「言ってましたぜ」

四角い顔に笑いを浮かべて、甚八はぐっと杯を呷《あお》り、酒を呑み干した。

「まだまだ金が足りねえと、浪人たちからふんだくるって言ってたぜ」

「それでは、普請にかかる金だけでなく、まだ何かを……？」

甚八に酌をしながら、松千代が訊いた。

「ええ。どうやら、国元の城に五層の天守を建てたいそうで。そのために、あと一万両ほど工面しなくてはいけないと、言ってたな」

「そうか。いいことを聞いてきた」

言って鉄五郎が考えている。そして、顔が松千代に向いた。

「お松、鶴の間に行って、留守居役の大竹を連れてきてくれないか。萬店屋の統帥が、お呼びだと言ってな。これからのことで、打ち合わせをしたいと言えばいいさ」

かしこまりましたと言って、松千代が部屋から出ていく。

「ご苦労でした」

「もう一つ、黒川家を陥れる策が思い浮かんだぜ」

「ほう、どんな？」

「これで、浪人たちの取り立ては治まるだろうから、一石二鳥だ。そこで、甚さんに頼みがある」

　甚八の耳を寄せ、鉄五郎が策を伝授した。

「それにしても次から次と、よくもそんな大それたことが考えつくもんだ」

　甚八が感心を示したところに、松千代が戻ってきた。小太りの江戸留守居役である大竹が、うしろについてきている。

「こちらが、護岸工事を請け負ってくれる棟梁の甚八さんです。打ち合わせをするため、この部屋で待ってもらってました」

　甚八の素性を違え、大竹に紹介した。

「拙者、沼山藩黒川家の江戸留守居役を務める、大竹重兵衛と申す。このたびは、よしなに」

　小さく首を折り、大竹が居丈高に自らの名を語った。

「あのあたりの護岸工事は、すぐにでも着工しないと危ないことになりますぜ」

　挨拶も早々、甚八が、顰《しか》め面《つら》をして語り出す。さも緊急との気配を見せる。

「もし何かあって、崩れでもしたら、大変なことになりますな。その修繕が、黒川様のお役目だったとしたら、この責任は重大。お家も吹っ飛びかねませんですぞ」

「それほどまで、傷《いた》んでおるのか?」

「外濠が掘られたのは、いつのことかご存じなんで? もう、二百年以上も経ってるんですぜ。あちこちガタがきているのは、あのあたりだけではございやせん。ですが神田、日本橋界隈は金座もあって重要地。真っ先に直さなくてはならない個所だ。それを、金がないからと言ってのらりくらりしていたんじゃ、公儀も怒りまずぜ。萬店屋さんが手を差し伸べなかったら、どういうことになるものやら」

甚八が、真顔となっていい加減なことを捲《ま》くし立てる。

「棟梁、嫌味はいいから。留守居役様が、恐縮してますぞ」

「いや、あい分かった。当方は、少し甘く見ていたようだ。ありがたく、今の言葉を受け取るとしよう」

深く大竹の頭が下がったところで、鉄五郎と甚八の顔がニヤリと緩む。

「それで、現場の指揮や差配監督は、当家が携わるがよろしいか?」

「それは、もちろんでございまさあ。職人、人夫たちをいかようにもこき使ってくだせい」

甚八が、大竹の問いに答えた。

「それで、棟梁。二万両あれば、足りるかい？」

間髪容《かんはつい》れずに、鉄五郎が問いを重ねる。

「いや。詳しく見積もってみましたら、三万両はないと……」

「よし、分かった。あと一万両、出せばいいのだな。都合、三万両ってことか。よかったよ、思ったより安くついて。四万両くらいかかると思って用意していたからな」

万両の単位で、予算が吊り上がっていく。そのたびに、大竹の咽喉がゴクリと鳴り、顔が引きつりを見せている。

「三万両……」

大竹の、開いた口から小さく漏れた。

「いや、心配はご無用。それを御家に出せとは言いませんから」

「左様でござるか」

額に出る汗を拭きながら、大竹は安堵したようだ。それに合わせるように、

「それでも一万両、余ってしまったな」

鉄五郎が、呟くように言った。すると、大竹重兵衛が畳に平伏する。

「萬店屋様に、お願いがござる」

「いかがなされました、大竹様？」

「その一万両、黒川家に融通してくださらんか」

「融通って？」

「お貸し願いたいと」

「何に、お使いで？」

「国元の領地での、新田の開発に役立てたいと」

「なるほど。さすが黒川様、領民のことを思いやられておられますな」

鉄五郎が、感心しきりといった表情を、大竹に向ける。

「領民のために、殿がどれほど苦慮なされていることか。そこへもってきての、このたび、公儀からの普請の話。にっちもさっちも行かなくなり……」

――そんなんで、浪人たちをたぶらかすこともねえだろに。

「それ以上、申しますな。お気持ちは、お察しいたします。でしたら当方より、その一万両をお出しいたしましょう」

憤りを胸に秘め、鉄五郎は言い放った。

「ありがたい、これ以上恩に着ることはございません。それで、利息と期限は？」

「こちらから、進んでお出しするのです。沼山藩の領民のために、お役に立てればこちらも本望。黒川のお殿様の一筆をいただければ、それでけっこうでございます。まだ、鶴の間におられますかな？」

「はい。まだ、しばらくはおられるかと」

「でしたら『沼山藩黒川家領地新田開発のための一万両を、萬店屋よりご寄進いただきました』と書かれ、黒川様の花押《かおう》を入れて持ってきてくださればけっこうでございます。一万両は、後日お屋敷のほうにお届けいたします」

「かしこまりました」

声を高げて平伏すると、大竹は鶴の間へと戻っていった。

鶴の間に戻った大竹は、興奮をあらわに鉄五郎から聞いた話を語った。

「なんと、護岸普請には三万両もかかるとか？」

「はい。ですが、その三万両もすべて萬店屋から。それに加えまして……」

別に一万両の寄進の件を語った。

「一万両まで出してくれると申すか？」

藩主黒川高純と家老山岡大全が、顔を見合わせ驚く表情を見せる。

「はい。沼山藩の領民のために、役に立ちたいと申しまして即座に……それで、返却も無用と」

大竹が、声高に告げた。

「借財ではなく、寄進とは畏れいった。でかしたな、大竹」

褒めたのは、家老の山岡である。そこに、高純の問いが重なる。

「萬店屋ってのは、どれほど財があるのだ？」

「噂で聞きますと、数千万両とも……」

額に脂汗を浮べながら、大竹が口にする。

「あるところには、あるものだ。だったら、都合四万両くらいどうということも……いやはや、とんでもない大富豪であるな。大名といえど、およびもつかん」

呆れ返ったような高純の声音であった。

「それで、殿の書付けを一通いただきたいと。帳場で、墨と紙を借りてきました」

大竹に言われたとおりに高純は文言《もんごん》を書いて、末尾に花押を入れた。

「これで、無理をして浪人たちから金を絞り取ることはなかろう。浪人の痛めつけは、もう打ち切りだ」

黒川家は天守新築普請が、先祖代々からの念願であった。その普請費用が、高純の代となってようやく調い、いよいよ着工というときに幕府から御手伝普請の要請がなされた。両方取りかかるとなると、五万両ほどかかってしまう。かといって、天守の建築をあきらめることができない。足りない資金の捻出に、藩主と重鎮たちは頭を悩ませていた。そこで思いついたのが、浪人たちの騙り狂言である。仕官の話を持ちかけ、騙し取ったのであるが、そんなもので得られる金はせいぜい三千両がよいところだ。そこに、降って湧いたように萬店屋からの資金提供の話であった。渡りに船とばかりに、黒川家が喰らいついた。

「これからは、萬店屋と仲良くすればよいのだ」

黒川高純が脇息に体を預け、大きくうなずきながら口にする。

「かしこまりました」

山岡と大竹が、ほっと肩の荷を下ろしたように、高純に向けて頭を下げた。

高純直筆の書付けを持って、大竹が鉄五郎の部屋へと再び向かう。

「家老も一緒に行って、礼を述べてこい」

黒川家江戸家老と留守居役が、鉄五郎の部屋へと来て拝礼をした。

「このたびは、何から何まで……殿の名代《みようだい》で、礼を述べにまいりました」

家老の山岡が、下座に座って畳に手をつき、口上を述べた。大名家だって、金になれば、町人に向けて土下座もする。

「礼などと、畏れいります」

大竹の持参した書付けを確かめると、鉄五郎は懐深く仕舞った。

山岡と大竹が、喜び勇んで殿様のもとへと戻っていった。

それから間もなくして、

「さあ、これで用事も済んだ。帰るとしましょうか」

三味線を抱えて、鉄五郎が立ち上がった。

三人が料亭花菱を出ると、外はとっぷりと日が暮れ、満月が中天に昇り道を照らしている。

「さてと、あしたからいよいよ大仕掛けにかかるとしますか」

言って鉄五郎は、三味線を構えた。高砂町の家まで、爪弾いて歩く。松千代の上がり調子が、あとを追う。堀留町に来たときであった。

「ちょいと新内さん。寄ってくれないかね」

黒塀の、小料理屋の女将からお呼びの声がかかった。

「はい、よろしいですとも」

「それじゃ、手前はこれで」

甚八とはその場で別れた鉄五郎は、弁天太夫となって松千代と共に、小料理屋の暖《の》簾《れん》を潜《くぐ》った。新内流しの仕事であった。一節《ひとふし》の聴かせ賃は、三十文である。

七

外濠の常盤橋御門から神田橋御門の護岸修復工事は、それから十日後に着工の予定である。

一夜が明けて鉄五郎は、大仕掛けに関わる三善屋の大旦那と旦那衆を、三十人ほど萬店屋の屋敷に集めた。

業種の内訳としては廻船問屋、建設業、石材屋、材木問屋、口入屋などの主たちである。そこに、讀売屋の甚八が加わり、全体の指揮を取ることになった。

大広間で、黒川家を貶める大仕掛けの手はずが語られる。

「これは、萬店屋の威信に懸けても成し遂げなくてはならないことです」

まずは、鉄五郎の前置きからはじまった。

「……いったい、どんなことですかね？」

初耳の旦那衆ばかりで、座にざわめきが立った。

「静かにしてくだせい」

場を静めたのは、甚八であった。そして、要約されて甚八の口から経緯が語られた。語りが、鉄五郎に引き継がれる。

「そういった事情《わけ》で、これから大名黒川家をぶっ潰す、大仕掛けに入る。それを皆さんの手で、やってもらおうってわけです」

「何をすればよろしいので？」

大旦那の一人から、問いがあった。

「それは、こういうことで……」

鉄五郎の口から、四半刻ほどをかけて仕掛けの手段が語られる。「そいつは大仕掛けだ」と、ときおり旦那衆の声が漏れて聞こえてくる。

「そういったわけで、手伝ってもらえますでしょうかね？」

鉄五郎は語り終え、居並ぶ旦那衆に問いをかけた。語調は穏やかだが、嫌とは言えない凄みがある。旦那衆の中で、頭を横に振る者は一人もいない。

「よろしいですとも」

旦那衆の、賛同の声がそろった。

「でしたら、まずは人集めから入ります。これには口入屋の大旦那与兵衛さんに、音頭をお願いするとして……」

「いかほどの人数を、集めたらよろしいので？」

口入屋与兵衛《よへえ》から、問いがかけられた。

「少なくても、二千人ほど」

「十日の間に、二千人ですって？　そいつは、とても無茶だ」

「無理を承知で頼んでるんだ。それに、おれの前では無理とかできないってことは、言いっこなしにするぜ」

少し凄みの利いた口調で、鉄五郎が与兵衛の言葉をいなした。

「……先々代様に、そっくりだ」

脇に座る、多左衛門の呟きであった。

「まともな職人を集めろと言ってるんじゃねえ、臨時の日雇い人夫だ。そのための金なら、いくらでも用意してある」

江戸には百万人が住むというが、働き盛りの男で職もなくぶらぶらとしているのは、せいぜい二万人ほどである。その十分の一の人数を十日以内に掻き集めろというのが、萬店屋鉄五郎の出した厳命であった。

「そのぐれえ集めねえと、如何様《いかさま》大名相手に喧嘩ができねえ」

「それにしても、江戸だけでは……」

渋面《じゅうめん》を作り、与兵衛が口にしたそこに、

「だったら、手前も手伝います」

立ち上がって声を発したのは、廻船問屋花川戸支店の旦那一郎太であった。

「二百人くらいでしたら、武州川越のほうからでも、夜船に乗せて連れてきます」

「ほう。だったら、一郎太さんにも手伝ってもらおうか」

鉄五郎が、一郎太に笑みを向けた。

「任せてくださいまし」

「とにかく、人数は多ければ多いほどいいからな。多摩や下総のほうからも、連れてこれるだけ連れてきてくれ」

口入屋の与兵衛だけでなく、場にいる全員に向けて鉄五郎は言い放った。「かしこまりました」と言葉が返り、人の手配は格好がつきそうだ。

外濠護岸工事資材の調達に、話が移る。

足場にする丸太を筏《いかだ》にして運ぶ。そこは、材木問屋と廻船問屋の連携となる。そして、石垣にする石材も用意しなくてはならない。ここは、鎌倉河岸《かまくらがし》にある石材三善屋の出番である。

「常盤橋御門から神田橋御門までとなると、相当の量の石が必要となりますが……」

石材三善屋の大旦那作蔵《さくぞう》の、不安げな口調であった。

「石垣を、全部取り替えろとは言ってねえぜ。それに、まともな石なんて取り揃えるまでもねえ、どうせ見せかけだからな。墓石だろうが捨て石だろうがなんだってかまわねえから、とりあえず格好つくものを用意すればいいやな」

鉄五郎の言葉は乱暴である。だが、それに異を唱える者は誰もいない。むしろうなずいて、よくそんな発想が湧くなと、感心の面持ちが浮かんでいる。

「墓石でもよろしいんですか？　でしたら、稲田《いなだ》の御影石とか下野《しもつけ》の大谷石などが、石材置場にごろごろたくさん転がってますわ」

「そいつは都合がいい。ただし、家名や戒名が彫られたものはいけねえよ」

「そのくらい、承知しております」

「そいつを、堤の上に運んでおいてくれればいい」

「かしこまりました」

石材屋大旦那作蔵の返事があって、工事に必要な資材、用具などの手配が調う。そうしていよいよ、実行の段となる。

翌日になって三善屋の讀売で、大きく外濠護岸工事についての伝達記事が、神田から日本橋一帯にかけ無料で配布される。その記事の内容は、浩太とお香代によって書かれたものであった。

『いよいよ沼山藩黒川様　外濠護岸大工事着工に踏み切る』

大きな見出しが、紙面の頭に飾られている。

『ついては四月二日より　外濠の常盤橋御門から神田橋御門の護岸修復普請のため当分の間堤の通行が不能となるので迂回されたし　期間は未定』

と書かれ、黒川家家老山岡大全の談話が載せられている。

『わが沼山藩黒川家の威信に懸け　全責任をもって護岸工事遂行にあたる所存　大変迷惑をかけるがよしなに願いたい』

この記事が、連日にわたり大々的に報じられた。

遠方から来た人夫たちの宿として、鉄五郎は萬店屋本家の屋敷を開放した。

その数およそ、五百人はいる。一年に二度しか使われない大広間や、豪華金襴の統帥部屋などで、人夫たちはごろ寝となった。三十人の女たちの手で、昼は弁当つきの、三食の食事が賄われる。顎足《あごあし》つきの待遇に、人夫たちは大満足である。「これからも、何かあったら呼んでくだせえ」と、誰彼ともなく口にする。鉄五郎は、人夫たちの心をとらえた。

月が改まり、四月の二日の明六ツ。それらの者たちが行列となって浜町堀を渡った。その景観を、鉄五郎と松千代が早起きをして見送った。

朔日《ついたち》は、大名家の月次《つきなみ》登城の日である。その日は避けて、翌日から資材が搬入され、そして工事人夫たちがぞくぞくと現場へと集まってきた。

常盤橋御門から神田橋御門までの堤一帯が、三善屋呉服店であつらえた揃いの半纏《はんてん》を着た人夫たちでごった返している。その数、およそ二千五百人。思った以上に、多くの男衆が集められた。一人頭一日一分の日当は、かなりの高額である。一分金四枚で一両である。それだけで、一日に六百両以上かかる計算になるが、鉄五郎はまったく意に介していない。

「――萬店屋の、力の見せどころだぜ」

鉄五郎から発破をかけられ、二千五百着もの揃いの半纏を、三善屋呉服店は総力挙げて夜通しで縫い上げた。

丸太が筏に組まれ、川舟によって深川から牽かれてくる。神田橋御門の外濠から日本橋川一帯が、筏によって埋め尽くされる。その列が、大川までつながったというから、壮観である。

墓石と捨石が入り混じって、二十間おきに堤に積まれている。石材三善屋が、置場だけでは足りない分を掻き集めてきたものだ。

「これで、見栄えは調ったぜ」

朝五ツを報せる鐘が鳴るころ、鉄五郎は常盤橋御門の堤の上に立って独りごちた。そこに、一台の大名駕篭が六人の陸尺に担がれ運ばれてきた。乗り物の中から出てきたのは、沼山藩主黒川高純である。

「これほどのものとは……」

外濠が埋まるほどの丸太筏と、堤に整列した揃い半纏を纏う二千五百人の男衆たち。そして、うず高く積まれた石材を目にして黒川高純が絶句する。

萬店屋の力をまざまざと見せつけられたか、高純が纏う金襴衣装に朝日が反射し、キラキラと揺れている。どうやら体に、震えを帯びているようだ。そんな様子を、鉄五郎は少し離れたところから見やっている。

――驚くのはこれからだぜ、お殿さんよ。

鉄五郎は、肚の内を収め黒川高純に近づいていった。

「これは、お殿様直々に……」

鉄五郎が笑顔で、高純に声をかけた。

「さすが、萬店屋であるな。たった十日で、よくぞここまでの用意ができたものだ」

「このぐらいなことは、萬店屋の力をもってすれば雑作もないことです」

「それにしても、たいしたものよのう。いや、あっぱれだ」

高純の、体も声も震えている。その景観の壮大さに眩暈《めまい》でも起こしたか、まともには立っていることもままならない様子に、鉄五郎はしてやったりとほくそ笑む。「それほどでは……」と、心にもない謙遜をした。

「黒川高純、このとおり礼を言う」

自分より目上以外の人前では、絶対に頭を下げたことのない高純が、腰を直角に曲げて礼を述べた。前代未聞のことであると、家臣たちは驚きの目を向けている。だが、鉄五郎の憤りはそれで治まるものではない。

鉄五郎の肚の内など、黒川高純が見通せるわけがない。

「これで、安心して任せられるの」

側《そば》につく、現場を指揮する黒川家の普請奉行村上丹善に向けて、高純が言った。

「御意」

「萬店屋が、これほどの準備を調えてくれたのだ。あとは村上、おまえらの力にかかっておるぞ」

「殿、お任せくだされませていただきませ」

主君の発破と現場の迫力に圧倒されているか、村上の体がガタガタと震えている。

おぼつかない村上の返事に、鉄五郎は脇を向き「……これでよし」と聞こえぬほどの声で呟いた。


現場の陣頭指揮は、黒川家の普請奉行村上丹善が取ることになっている。

しかし、萬店屋で差し出した職人と人足たちは格好だけで、護岸工事にはみなずぶの素人である。資材と人数は調ったものの、なかなか工事がはじまろうとしない。水を抜く作業すら、どうやってよいのか分からない者たちであった。誰でもよいからと、寄せ集めた集団である。

外濠には、三善屋材木店から調達された足場用の丸太が、筏に組まれたまま水揚げされないでいる。

「――騙りには、騙りだぜ」

鉄五郎の、大仕掛け狂言のはじまりであった。

黒川家からは、普請の指揮を取る役人が、五十人ほど駆り出されている。役人一人につき人夫五十人の組に分けられ、その指揮の下《もと》、一斉に号令がかかる。

「一同、配置につけ！」

しかし、人夫たちは堤の上に立ち止まるだけで一向に動こうとはしない。

「ん、どうした？」

「なぜ、働かないのだ！」

「働け、このやろー！」

役人たちの怒号や命令が飛ぶも、みなうわの空である。鞭《むち》で打とうが、尻を叩こうがどこ吹く風と、一向に働こうとはしない。日がな一日、堤の上で弁当を食ったり、煙草《たばこ》の煙を燻《くゆ》らしているだけだ。

日が昇ると共に二千五百人が集まり、現場はただごった返しているだけだ。そして、日が暮れると共に去っていき誰もいなくなる。飲み食いで出たゴミだけは片づけろと厳しく言われているので、立ち去ったあとの現場はきれいなものだ。

さすがに不審と思うか、村上丹善が誰ともなしに問い詰める。

「なぜに、働こうとはしない？」

「へい。ちょっと待てと、上のほうから言われてますんで」

「上とは、誰だ？」

「さあ、あっしらには……」

と、要領を得ない。そうこうしているうちに、数日が経った。

「工事はまだはじまらぬのか？」

普請奉行の村上丹善が、人夫の一人をつかまえて問い質す。

「どうやら、資材が集まってないようで……」

「そうか、仕方ないの」

と言って、村上は去っていく。そのうしろ姿に、いら立ちが募っている。

公儀の普請奉行米田左内が見廻りに来たのは、五日目の朝であった。

「なんだ？　まだ、何も工事は進んでないではないか」

黒川家の普請奉行村上に、米田が語りかけた。

「まだ、準備の段階でありまする。これから、作業に入るところでして」

額に汗を浮かべて、村上が言い訳をする。

これまで人夫たちがやった仕事といえば、濠に浮いている、いくつかの筏を解いて、丸太を陸《おか》に揚げただけである。

「作業といっても、みな座って動こうとしてないぞ」

「今、休みを取っているところでございまして」

「そうか。ならいいが、早く工事を急げよ」

米田は、その場を去っていく。そして、さらに三日後――。

朝方、現場に出てきた人数は、半分以下の一千人くらいに減った。そこに、米田がまたも見廻りに来た。

「どうした？　工事はまったく手つかずではないか。それに、人足の数もずいぶんと減っておるな」

「はあ……」

このころになると、さすが黒川家の役人たちもおかしいと思ってくる。

「とにかく急がんと、いつ石垣が崩れるか分からんからな。先を急げよ」

と指示だけ残して、米田は去っていく。そしてさらに三日後には職人、人夫の数はぐんと減り、五百名ほどとなった。

「いったい、どうなっているのだ？」

この日現場に来たのは、米田ではなく江戸留守居役の大竹であった。これまでの経緯を、現場で指揮を取る村上丹善が語った。

「馬鹿者！　おかしいと思ったら、なぜに報せに来んのだ」

あたりははばからず、村上を叱り飛ばした。

「まことに、申しわけございませぬ」

村上以下、配下の役人たちがそろって地べたにひれ伏した。

「これから萬店屋に行って、どういうことか訊いてくる」

さすがに大竹も、これはおかしいと気づいたようだ。


黒川家江戸留守居役大竹重兵衛が、浜町河岸の萬店屋本家の門前に立ったのは、その日の正午《ひる》ごろであった。

「ずいぶんと、立派な屋敷だ」

独りごちるも、武家屋敷ではないので門番がいない。

「どこから、入るのだ？」

正門は閉まりきりで、大竹が脇門を開けようとしたところで背後から声がかかった。

「どちらさまで、ございましょう？」

声をかけたのは、手代の清吉であった。

「萬店屋統帥の、鉄五郎様に会いたいのだが。拙者、黒川家江戸留守居役の大竹と申す」

――来たな。

と清吉は思うものの、口には出さない。必ず黒川家から誰か来るから、そのときはこう言えと告げられている。

「主は、本日出かけております。明日でしたら、一日中おられると……」

「ならば、明日まいる」

「伝えておきますので、なんどきごろになりますでしょう？」

「明日の今時分と、伝えておいてもらおう」

「かしこまりました」

大竹と清吉のやりとりを、浜町堀の対岸から鉄五郎が見やっている。大竹の踵《きびす》が返ると同時に、鉄五郎は路地へと姿を消した。

翌日、現場に来た人足は、とうとう三百人ほどに減っていた。とても、大工事に取りかかれる人数ではない。だが、それらの者たちがようやく働き出した。堤に積まれた丸太を濠に戻して筏を組み、資材や道具などを荷車に乗せて運び出す。

「何をしておるのだ！」

村上の怒号が、堤の上で轟《とどろ》き渡った。

「撤収《てっしゅう》しろとのご命令で」

何食わぬ顔で、人足の一人が答えた。

「なんだと！　誰の命令だ？」

「あっしらの、親方からでして」

「おまえらは、なんのためにここに来てたのだ？」

「あっしらに訊かれましても……それじゃ、ごめんなすって」

一刻も経たないうちに、現場はきれいに片付けられ、人足たちは誰もいなくなった。

残された黒川家の役人たちは、ただ呆然とその場に立ち尽くすだけである。

そのころ、浜町河岸の萬店屋の本家の客間で、鉄五郎と大竹が向かい合っていた。

「いったい、どんなつもりだ？」

怒り心頭に発している大竹の、居丈高の問いが鉄五郎に浴びせられた。

「どういうつもりと申されますと？」

「工事はまったく進まず、人足たちはまったく動かんではないか。それに、日ごとに人数が減っていく」

「はて。それは、初耳でございます。資材、人数を取り揃えて現場に送りましたが、何かございましたですかな？」

「ございましたかではない。まったくもって、役に立ってはおらんぞ」

「それを手前に申されましても。手配は調《ととの》ったと番頭から聞いて、安心しきっておりましたのに。もし、工事が進んでいないとしたら、御家の指揮の怠慢ではございませんので？　でしたらこちらに苦情を言う前に、お手前のご家来でなんとかするのが筋ではございませんかな。もし、人数が減っていくようでしたら職人、人夫たちの機嫌でも損ねたのでございましょう」

と、鉄五郎はまったく取り合わない。

「これは、どうもおかしい」

「何がおかしいと思われます。当方は、人工《にんく》出しや工事資材の賄いで、すでに二万両を費やしておるのですぞ。そちらの怠慢で、無駄に金を失っているのはこちらのほうです。町人と思って、愚弄されるのですか？」

逆に、鉄五郎の怒号が、大竹に向いた。

「愚弄などと……」

うろたえた様子で、大竹が返す。

「まあ、よろしいです。ならば、手前が黒川のお殿様にお会いして話をしましょう。先日お出しした、新田開発の一万両の件もございますし」

「まさか、それを引き上げるとでも？」

「いや、一度出したものにそんなことは言いません。ただ、このたびの工事につきお話ししたいと」

「承知した。殿に伝えるとしよう」

「それで、明日うかがいますので、お殿様のご都合は？」

「登城日ではないので、一日中おられるかと」

「ならば、夕刻……七ツごろ萬店屋鉄五郎がうかがうと、お伝えください」

言って鉄五郎は立ち上がると、大竹をその場に残して部屋を去った。

八

翌日の夕刻となり、紋付羽織と袴の正装で鉄五郎が単身、沼山藩黒川家の上屋敷へと乗り込む。

黒川家上屋敷は、新《あたら》シ橋《ばし》で神田川を渡り五町ほど北に行った、三味線堀の近くにある。

その前に、鉄五郎はいくつかの準備を施している。

「――そろそろ仕上げに入る」

「本当に、独りで大丈夫なんで？」

　讀売屋では甚八から危惧されるも、鉄五郎は笑って答えている。

「ああ、心配することはないよ。俺を殺したら、大変なことになるのは分かっているだろうから」

「しかし、怒りに任せてってこともある」

「だったら、相当な馬鹿だ。とにかく甚八さんには、頼んだことを頼む」

「任せてくれ」

　と、甚八とのやり取りがあった。

　唐破風《からはふ》屋根の、重厚な門前に門番が二人立っている。

「萬店屋の鉄五郎が来たと、江戸留守居役の大竹様にお伝えください」

「言づかっております。こちらに……」

　門番の一人が邸内に入り、鉄五郎を玄関まで案内する。鉄五郎は、家臣の一人に引き渡され、客の間へと導かれた。そこにはすでに、難しい顔をして大竹が待っていた。

　鉄五郎は大竹と向かい合うも、互いに言葉はなかった。しばらくすると、家臣が一人やってきて藩主高純と接見をする御広間へと連れていかれた。

「間もなく殿がまいりますので、しばらくお待ちを」

と言って、家臣が去っていく。

鉄五郎は下座に座り、黒川高純の出座を待つ。やがて、太刀持ちの小姓を引き連れ高純が高座に座った。鉄太郎と、二間の間を空けて向かい合う。

相撲の行司のごとく、それを取り持つように家老の山岡と江戸留守居役の大竹が、並んで座った。

「これ、萬店屋。そちが用意した人夫たちは、まったく働かないというではないか。これは、いかがしたことだ？」

いきなり、高純からの苦言であった。

「大竹様にも申し上げましたとおり、現場の指揮に関しましては、当方はあずかり知らぬところでございます。こちらさまの、人夫たちへのご指示に手抜かりがあったのではございませんでしょうか？」

「そんなことはないと、大竹は申しておるぞ。そうであろう、大竹？」

「御意」

畏まった口調で大竹が返すそこに、鉄五郎が反論する。

「ただ、怒鳴ったり脅したり鞭を打つだけでは、人は動きませんぞ。こちらさまの監督不行き届きを当方に押しつけるなど……」

言語道断と言おうとして、鉄五郎は言葉を止めた。さすが、殿様に向かっては言い過ぎだと自重する。だが、鉄五郎の迫力に、黒川高純は臆したようだ。

「それにしても、撤収までずることはなかろうに」

高純の語調に、腰が引けている。

「こちらも、そんなことはしたくはございません。何から何まで、せっかく用意しましたのに、それを役立てることができないなんて。日を追えば、さらに人工《にんく》代が上乗せとなってきます。もう、これ以上無駄金は出したくないと思い、泣く泣く引き上げさせていただいた次第です」

鉄五郎が、正面を見据えきっぱりとした口調で言った。

「そこで、お殿様にお願いがございまする」

手をつくまでもなく、鉄五郎は本題に入る。ここからが正念場だと、丹田《たんでん》に力を込めた。

「なんだ、願いとは？」

「ここまでに掛かった費用を、ご負担願いたい」

「なんだと！」

腰を浮かしたのは、家老の山岡であった。それを目にすることなく、鉄五郎は高純だけに顔を向けている。

「人工代や資材購入など、かかる費用に、すでに当方は二万両は費やしました。だが、御家はそれを活かすこともなく、ただただ無駄になされた。そんな死に金を払うほど、こちらはお人よしではございません。まったくの、無駄金になってしまった。当家の家訓で、そんな金の使い方はするなと、きつく先々代より戒められております」

鉄五郎の口上は穏やかである。相手が大名でなければ、片膝立てて、無頼のような伝法な啖呵《たんか》を飛ばすところだ。

「これまでにかかった実費、そいつを返していただけませんかね」

「こやつ、殿に向かって……」

顔面真っ赤にして、大竹が腰を浮かす。

「おい……」

その大竹に、山岡が耳打ちをした。すると、大竹が立ち上がり御広間を出ていく。

「いや、返してもらうなんて、けちなことは言いません。その金は、これまで絞り取ったご浪人たちに回してもらえればけっこうです」

鉄五郎が本題を切り出した。すると、急激に黒川高純の顔が青ざめる。

「浪人たちだと？　おい、山岡……」

高純が、蒼白となった顔を、家老の山岡に向けた。

「はっ」

「こやつは、なんでそのことを知っておる？」

高純の声音に、震えが帯びている。

「いや、身共《みども》は……」

額に脂汗を光らせ家老の山岡は噤《つぐ》むも、藩主自らが、喋《しゃべ》ってしまっている。ここぞとばかり、鉄五郎はさらに突っ込む。

「やはり、そうでしたかい。普請の費用を捻出するために、仕官を求めるご浪人たちを誑《たぶら》かし、大金をせしめていることはお見通しですぜ。そのために、大川に身を投げたご浪人さんもおられます。妻子を含めどんだけの人たちが、それでもって苦しくて、悔しい思いをしてきたか。そいつを、お殿様たちにも味わってもらおうと思いましてな……」

「くそっ、それでもって余を誑かしたか」

唇を嚙んだ高純の、苦悶の声音であった。鉄五郎の騙り狂言に、ここで初めて気づいたようだ。

「ようやく、お気づきになられたようですな。それにしても鈍いというか、馬鹿というか……」

「黙れ！　それ以上、減らず口を叩くでない」

山岡が、鉄五郎の語りを声高で止めた。

「おい、山岡。こやつをひっ捕らえて、すぐさま打ち首にせい！」

顔面真っ赤にして、高純の怒号が飛ぶ。

「はっ、今その手配を……」

山岡が口にしたと同時に、三方の襖が一斉に開いた。三十人ほどの家臣たちが、刀を抜き、槍を構えて穂先を鉄五郎に向けている。

「おっと、こっちは丸腰だ。たかが町人一人を捕まえるのに、ちょっと大袈裟すぎやしませんかね。あっしの得物《えもの》は、こいつ一つですぜ」

鉄五郎は羽織を脱いで、両袖に手を入れると、諸肌《もろはだ》を脱《ぬ》いだ。上半身をさらけ出し、うしろ向きになって高純に背中を向けた。

「どんだけの人が涙を流すと、背中の弁天様が、泣きながら三味線を鳴らしてますぜ。うるせえ弁天だと思ったら、どうぞ叩き斬っておくんなせえ」

鉄五郎の啖呵に慄《おのの》くか、手を下せる者はいない。

「何をしておる。早く、こやつをひっ捕らえろ」

家老山岡の、号令が飛ぶ。

鉄五郎を捕らえようと、十人ほどが近づいてきた。

「手前《てまえ》を殺したって、お殿様には一文の徳にもなりませんぜ」

もう少し、時を稼がなくてはならないと、鉄五郎はさらに言葉を重ねる。

「先だって差し上げた一万両は、返してもらわなくたってけっこう。あれは、騙し取られたということにしてありますから」

「騙し取られただと。いったい、どういうことだ？」

黒川高純の直々の問いは、時を稼ぐのに都合がよい。それで、家臣たちの動きが止まった。なるべくゆっくりと、鉄五郎が語る。

「あの金は、ご当家が領地の新田開発のために必要と言われたもの。領民のためにと思い、それに意気を感じて手前もお役に立ちたいと差し出したもの。だが、本当の使い道は、どうやら国元にどでかい天守を建てる資金とのこと。ここに、お殿様の書付けがございます」

語調柔らかくして鉄五郎は、袂の中から書付けを取り出した。

「これを読みますと『沼山藩黒川家領地新田開発のための一万両を、萬店屋様よりご寄進いただきました』と書かれてございます。ここに、お殿様の花押も書かれております」

書付けの、花押を指差して見せた。

「手前は、これに騙されましたな。沼山城の天守を建てるために、あの金を用立てたのではございませんぜ。何から何まで、他人を騙して金を盗る。そんな卑怯なお大名なんて、生まれてこの方見たことはございませんや」

鉄五郎が、駄目を押すような啖呵を放った。

「血で汚れても構わん、この場でこやつを叩っ斬れ！」

高純直々の、怒り心頭に発した号令が飛んだ。

丸腰の一人を殺るのに、三十人はいらない。抜刀をした家臣が二人、鉄五郎の背後に立った。

「殺れ！」

山岡の命《めい》で、一人は八双に構え、もう一人は正面に回り腹を突こうと腰に柄《つか》をあてた。

今まさにカシャリと刀の茎《なかご》が音を鳴らされ、同時に、袈裟《けさ》懸《が》けで刀が振り下ろされる。鉄五郎の命は、風前の灯となった。

茎が音を鳴らす、その既《すんで》であった。

「待て待て、まてーぃ！」

四人の男たちが、家臣たちを割って入ってきた。裃の正装を纏った武士が三人、そのうしろに紋付袴の町人が一人交じっている。

「誰だ、貴様らは？」

高純の問いが、四人に飛んだ。

「身共をお忘れですかな、黒川様？」

先に立つ、四十歳半ばの武士が高純に問うた。

「あっ、おぬしは……大目付……」

驚きを隠せない、高純の表情である。

「思い出しましたかな。拙者、大目付の役を賜る遠野《とおの》影隆《かげたか》でござる」

「それがしは、普請奉行の米田左内でござる」

「身共は、目付役田所聡十郎と申す」

公儀の要職を仕《つかまつ》る、三人である。そして、もう一人の町人というのは、讀売屋の甚八であった。

「鉄さん、大丈夫でしたかい？」

甚八が近寄り、声をかけた。

「だいじょぶじゃないですよ。あと一瞬遅れてたらおれはバッサリと斬られ、この部屋は血の海だった」

鉄五郎と甚八のやり取りの間にも、大目付遠野が黒川高純を追い込んでいる。

「ここに、老中大久保忠真《おおくぼただざね》様の下知状《げじ》がございます。沼山藩黒川高純の悪事を糾弾し、蟄居《ちっきょ》閉門にせよと記されてござりまする。後日、ご老中方の評定にて沙汰がお決まりになられるでございましょう。それまで、ごゆっくりとお過ごしなされませ」

「なっ、何を証拠に……？」

声を絞り出し、高純としては、これだけ言うのが精一杯のようだ。

「まずは、一つ。公儀に許しも得ずに、国元で天守を築こうと画策したこと」

遠野影隆が、罪状を語る。そして、普請奉行米田が足を一歩進めた。

「未だ、外濠の改修普請の着工が適《かな》っていないこと。これは限度を超越し、公儀への反逆と取られました」

米田のあとを、目付の田所が引き継ぐ。

「仕官を求むと浪士に虚言を吐《つ》き、多額の金を騙し取る。大名家が取り込み詐欺など、言語道断。さらに、萬店屋から新田開発と偽り、一万両をせしめた罪は明白でござる」

三様の罪が、黒川家に浴びせられた。

すべては、料亭花菱にて打ち合わせ済みである。鉄五郎が画いた大仕掛けの絵は、まさに一大絵巻となって実行された。如何様《いかさま》大名陥れの策であった。

翌日、黒川家の上、中、下屋敷の門前に竹矢来《たけやらい》が組まれ、何人《なんぴと》も出入りが閉ざされた。

この始末に、三代目萬店屋鉄五郎は、ここで二万五千両の大枚を使った。内訳は、外濠修繕普請の大仕掛けに一万両使い、新田開発に供出した一万両である。供出した一万両は黒川家から取り戻し、公儀の重鎮を動かすのに、公儀に一万五千両を寄進した。その見返りとして、大目付たち公儀の三人は、鉄五郎の策略に乗ったのである。

黒川家が騙し盗った三千両は、浪人たちに分配されて、返却されることになった。後日、黒川家に沙汰が下った。

当主黒川高純は、公儀への反逆の罪で切腹。お家は断絶となり、領地は松平伊賀守盛定《まつだいらいがのかみもりさだ》に受け継がれることとなった。

この顚末は、讀売三善屋版として号外が撒かれ、広く江戸の市中に知られることとなった。他の讀売を出し抜いたその功績に、浩太とお香代、そして三吉の三人は金一封を賜り喜んでいる。

志乃と千太郎には二百両の金が余分に施され、取り立てから追われる心配はまったくなくなった。それを持って、下総佐高の実家に帰るという。

深川の三ツ木信三郎にも二百両が分配され、刀を捨てて商人となった。この金を元手に店を構え、ふかし芋屋を開業するという。

なお、外濠護岸工事は公儀内において、計画の見直しになる。そのために、萬店屋は二万両供出すると約束をしてある。すべてに掛かった金額は、これで四万五千両となった。「それでも、思ったより安く済んだな」と、鉄五郎は動じていない。

万事が収まり、江戸八百八町に夜が巡ってくる。

弁天太夫と松千代が流す、太棹と上がり調子の三味線の音が、隅田の堤に囁くように奏《かな》でわたる。

「新内さーん」

鉄五郎こと弁天太夫と、松千代にお呼びがかかる。

「へーい、一節三十文で……」

今宵弁天太夫が語る新内節は、新作である『隅田川浮世情話』という演《だ》し物であった。

時代小説

二見時代小説文庫

# 大仕掛《おおじか》け 悪党狩《あくとうが》り 如何様大名《いかさまだいみょう》

著者　沖田正午《おきだしょうご》

発行所　株式会社 二見書房
東京都千代田区神田三崎町二-一八-一一
電話　〇三-三五一五-二三一一［営業］
　　　〇三-三五一五-二三一三［編集］
振替　〇〇一七〇-四-二六三九

印刷　株式会社 堀内印刷所
製本　株式会社 村上製本所

 ISBN978－4－576－19063－1
https://www.futami.co.jp/

# 沖田正午

## 北町影同心 シリーズ

① 閻魔《えんま》の女房
② 過去からの密命
③ 挑まれた戦い
④ 目眩《めくら》み万両
⑤ もたれ攻め
⑥ 命の代償
⑦ 影武者捜し
⑧ 天女と夜叉
⑨ 火焔の啖呵《たんか》
⑩ 青二才の意地

江戸広しといえども、これ程の女はおるまい。北町奉行が唸る「才女」旗本の娘音乃は夫も驚く、機知にも優れた剣の達人。凄腕同心の夫とともに、下手人を追うが…。

# 和久田正明

## 十手婆 文句あるかい

シリーズ

以下続刊

①火焔太鼓
②お狐奉公

深川の木賃宿で宿の主や泊まり客が殺される惨劇が起こった。騒然とする奉行所だったが、目的も分からず下手人の目星もつかない。岡っ引きの駒蔵は見えない下手人を追うが、逆に殺されてしまう。女房のお鹿は息子二人と共に、亭主の敵でもある下手人をどこまでも追うが……。白髪丸髷に横櫛を挿す、江戸っ子婆お鹿の、意地と気風の弔い合戦！